LE
CHERCHE
MIDI

TOUT COMMENCE ICI,
À CET INSTANT PRÉCIS
OÙ LES BOURGEONS
ÉCLATENT EN BOUTONS.

SEULES
LES
VIGNES

LOLITA SENE
SEULES LES VIGNES

roman

Ouvrage édité par Emmanuelle Dugain-Delacomptée

Conception graphique : Justine Dupré
Composition : Peter Vogelpoel

Dépôt légal : janvier 2025
ISBN 978-2-7491-8203-2

Vous pouvez consulter notre catalogue général
et l'annonce de nos prochaines parutions
sur notre site : www.cherche-midi.com

© Le Cherche Midi, 2025
92, avenue de France, 75013 Paris
serviceclients@lisez.com

PRINTEMPS

Arnaud

Tout commence avec une pluie fine qui s'éternise, le jour, la nuit. Avec un orage violent qui déchiquette les feuilles, les petites fleurs, de la grêle qui tombe en trombe, des cailloux de glace gros comme des balles de ping-pong. Tout commence sinon avec l'humidité dans l'air, trop de chaleur, trop de vapeur, un désert déjà à l'horizon, le manque d'eau et le sol dur comme du béton.

Tout commence au printemps, quand la nature se réveille, et non pas en janvier avec la nouvelle année, ni en septembre avec les vendanges. Tout commence ici, à cet instant précis où les bourgeons éclatent en boutons, les giboulées s'enchaînent, l'insecte a fini de tisser sa toile entre un piquet de fer et un câble Deltex. Alors un geste sec et tranchant vient gâcher son œuvre, éparpiller les fils, et l'araignée s'envole puis s'entortille dans sa toile, retombe au milieu de l'herbe, dans son cocon de soie.

L'homme peut enfin passer.

C'est la loi du plus fort, la loi animale.

Arnaud s'avance entre les rangs et parcourt du regard ce que personne ne peut voir. Il hume l'air, écoute le ciel gronder, cligne des yeux quand il aperçoit une présence, une ombre, un sanglier peut-être, une biche serait moins certain. Puis il se frotte les mains, le front, écrase sa cigarette sous son pied, remâche comme un bœuf, il se parle à lui-même. Il dit des mots que plus personne ne peut comprendre, fan de chichourle, que de toute façon ce sont eux les piches et qu'il ferait mieux de quitter tout ça, ce métier qui l'épuise, ces vignes comme des jardins à perte de vue, son tracteur et ses produits. Puis il attrape un morceau de bois sec qu'il casse de la pointe de son genou et qu'il enfonce entre un cep et un piquet, comme une béquille, pour la raison obscure qu'il a toujours vu son grand-père le faire. Peut-être par superstition. Tout commence ici, au printemps de la terre.

Il n'est pas vieux, à peine la moitié de sa vie, mais l'approche de la cinquantaine lui donne de sourds vertiges. Il sait pourtant que sa vigne vivra bien après lui, surtout les jeunes plants qu'il a choyés dès le début, des bâtons de bois recouverts de cire rouge enfoncés dans la terre à l'aide d'une biroune, et qui éclosent aux premières chaleurs, une feuille deux feuilles une tige bien verte, bientôt un pied. Ces vignes, maintenant, du haut de leurs quinze ans, il s'imagine qu'elles le regardent avec un air goguenard, qu'elles se moquent un peu, s'exclament qué quiche çui-là, en riant de lui quand il se questionne trop longtemps.
C'est la loi du plus fort, la loi végétale.

Il n'est pas vieux, mais il a mal partout. Au dos, aux hanches quand il se lève, aux genoux quand il s'accroupit, dans les muscles quand il s'allonge. Le soir, il tombe de sommeil avant que sa jambe qui souffre d'un syndrome sans repos ne le réveille. Elle embraye sur le drap comme sur la pédale de son tracteur, par à-coups, de plus en plus vite et en sursaut, c'est un nerf comprimé qui ne se relâche jamais. Sa femme allongée près de lui, et qui venait de s'endormir, se redresse en silence. Dans l'obscurité de la chambre, Nathalie passe une main sur son genou puis va chercher le bas de sa jambe nerveuse, masse à l'arrière du mollet. Elle calme la tension, la douleur, elle chasse l'anxiété. Il soupire, détendu enfin, d'un souffle fort qui vient du fond de son corps. Alors au diable vauvert le village, ses vignes, ses machines et les maladies. Il rêve de plages couleur azur, d'eau de noix de coco fraîchement tranchée. Il rêve d'une île qu'il ne pourra peut-être jamais accoster.

Si les temps se montraient durs hier, aujourd'hui, c'est le chaos. Il observe le ciel et aperçoit un ersatz de cumulus blanc qui pointe derrière la colline, rien de bien affolant, se rassure-t-il, trop loin pour être menaçant, et la nuit s'installera bientôt avec son brin de fraîcheur qui terminera de faire fuir la possibilité d'un rideau de grêle. Mais aussitôt il frissonne, se crispe, sait-on jamais, et si ça se couvrait davantage, et si la chaleur n'en finissait pas de gonfler à la manière d'un ballon à l'hélium, prêt à exploser. Au loin, il entend la détonation d'un canon anti-grêle émise par des vignerons d'une autre commune, tout aussi effrayés. Il essuie son front perlant de sueur et de peur, puis redescend par le chemin de terre, jette un coup d'œil à la vigne du voisin devenue orange à cause du désherbage intégral, même si c'est interdit, même si c'est mortel, qué con çui-là. Il ronchonne, roule une nouvelle cigarette, allume son portable. Il faut qu'il appelle les copains, la famille, les autres comme lui. C'est un rythme, celui d'une partition à jouer à plusieurs. Un devoir même.

On n'est pas paysan seul, reclus au fond de sa campagne. Peu importe l'heure, la nuit avancée ou le petit matin, on se doit de se tenir au courant, se raconter la météo, chez toi il pleut encore, combien de millimètres hier, et le mildiou, tu en es où ? Il y a le jeune agriculteur qui a repris le domaine du père qui s'étend sur des hectares à ne plus pouvoir les compter, il s'est enflammé comme un jobastre, on dit au village, à croire qu'il allait rouler sur l'or. Il y a l'autre père, celui de cœur et d'huile de coude, qui a tout appris à Arnaud, la taille les clients les dégustations, ou presque, qu'il voit peu mais qu'il appelle souvent. Il y a le copain d'enfance, celui comme un frère, qui ne travaille pas de la même manière que lui, à contre-courant, contre-pensée, beaucoup de chimie et d'engrais liquides, mais ils se sont déjà assez disputés à ce propos et ne veulent plus s'en vouloir. Il y a le vigneron à la retraite qui connaît mieux que tout le monde les terroirs, les successions et à qui appartient la friche oubliée derrière le hangar. Il y a le copain d'un village voisin, à peine dix kilomètres les séparent et pourtant ils ne vivent pas la même chose, variation climatique, orage, canicule, et il faudra encore l'expliquer aux gens de la ville emprisonnés dans leur concrète et leur béton. Enfin, il y a le copain d'une région lointaine, qu'on adore mais qu'on voit peu, et qu'on ne croise que sur des salons, à qui on téléphone pour échanger sur les vignes, le vin, pour s'assurer qu'il décroche aussi, qu'il va bien, et qu'il n'a pas fait de bêtises en grimpant sur un tabouret, la corde au cou.

Lui ne reste pas seul, non, il ne s'enferme pas dans ses idées, dans son monde, ni dans sa colère. Pour ça, il téléphone à ses amis, ça le libère, le fait voyager. Et s'il ne reste pas seul, en revanche, il doute beaucoup. Cette incertitude plisse les fronts, tire les paupières, cerne les yeux. Elle vieillit, ralentit. Affaiblit les corps dans une région où pourtant l'accent chante et siffle, où les hommes sont beaux, le visage tanné par le soleil, les corps vaillants, les mains calleuses. Quand les rides parsèment les visages, contournent les sourires, on y voit des rivières de bonheur d'une vie passée en été, à la lumière, dans le mistral qui chasse les nuages et préserve le bleu du ciel. Pourtant, le matin, quand il appuie sur le bouton de sa cafetière à percolateur, et qu'il regarde son café couler dans un bol, il garde toujours une oreille attentive, tendue vers la fenêtre ouverte en oscillo-battant, soucieux, et si le temps venait à changer d'un coup, comme ça arrive souvent au printemps, il faudrait revoir tout le programme, écrire à l'équipe, décider de ne pas traiter. Décider de ne rien faire. Et pour un paysan, pour tous les paysans du monde, c'est la pire chose qui soit. Regarder la pluie ou la grêle, bras croisés derrière sa vitre, une tasse entre les doigts, c'est la pire chose qui soit.

Une averse s'abat soudain, fine, légère, on pourrait presque croire qu'elle veut nourrir les plantes, s'infiltrer dans les sols, remplir les nappes phréatiques, que c'est bien pour la nature. Le matin, quand l'air est tellement chargé d'humidité et que le brouillard recouvre les vignes, le ciel a mangé la terre. Tout est opaque à travers cette nébulosité épaisse, et on se demande dans quelle saison on se trouve. Tout est blanc et noir et gris, et il semble alors peu probable de voir le soleil se lever.

Pourtant, quelques heures plus tard, le ciel vire au céruléen, une mer sans nuages, le soleil chauffe les feuilles, aspire les gouttelettes d'eau, assèche la brume. Plus tard encore, la grêle tombe en trombe. Plus tard encore, il pleut.

Et lui, face au désastre, se sent impuissant, désarmé, presque vaincu, ça monte à l'intérieur silencieusement, ça enfle, s'embrase, comme si ça allait imploser. Quand en surface rien ne bouge, ne vacille, pas d'un cil, alors seuls les mots lui échappent, presque anodins face au chaos, il marmonne de tes morts con de ta race ! Puis il se roule une cigarette qu'il fume lentement en contemplant la faillite d'une énième journée perdue, là où il devrait tracter, traiter, tourner sur des sillons creusés par de multiples passages, épamprer les pieds, ébourgeonner les bras.

Il s'efforce de ne pas se sentir trop écartelé entre ce désir de tout quitter, et ce doute de bien comprendre, donc de rester. S'il perd tout, ce sera une année blanche. Il a déjà connu ça, plusieurs fois, et de plus en plus souvent. Un copain lui aussi vigneron mais plus haut dans la Loire lui souffle qu'en cinquante ans d'agriculture son grand-père a vécu seulement trois gels, et que lui, ces dix dernières années, en a vécu dix. Alors on regarde impuissant les vignes devenir une étendue de feuilles marron, cimetières où le raisin n'existe plus, et où celui qui a réussi à survivre peut encore pourrir. Mais Arnaud s'efforce de ne pas penser à tout ça.

Il sort de son village, va boire un coup ailleurs, dîner avec Nathalie, raconter la pluie le beau temps le millésime précédent, et sa femme lui caresse le bras pour qu'il évite le sujet, qu'il fasse attention à ne pas s'épuiser. Il fait de son mieux pour décaler sa pensée, écoute France Inter, s'intéresse à la nouvelle vague, la musique électro, il joue parfois à *FIFA* sur la Play. C'est un homme qui comprend la nature et la mécanique du temps, qui parle de levures saccharomyces, flux de sève et qui roule en Tesla, une lubie étrange mais c'est comme ça. Son banquier lui a parlé d'un crédit d'impôt, lui a assuré que l'électrique allait bientôt représenter l'avenir. Arnaud a fini par céder, et maintenant il regrette ce qu'il lit à propos d'Elon Musk.

Arnaud ne vient pas de ce milieu, ce qu'on pourrait imaginer de la vraie paysannerie, successions de domaines, d'héritages, bouteilles poussiéreuses qui reposent dans des caves sèches et fraîches. Il ne vient pas d'une contrée noble comme la Champagne ou la Bourgogne, mais d'une région qui ressemble plutôt à un océan de vignes sans émotion, plantées puis arrachées à outrance, pour vivre toujours plus vite, toujours mieux. Arnaud vient de ce petit bourg où les rochers bravent encore les hameaux, qui a beaucoup évolué depuis sa jeunesse. Chaque été, la place principale se transforme en parking pour vacanciers, le bar PMU ne propose plus de PMU depuis belle lurette, et la boulangerie désertera bientôt le centre pour une zone commerciale. Autrefois, ce village se composait de maisons toutes identiques, à deux étages et aux façades de pierres apparentes. On pouvait y trouver une série de commerces variés, quincaillerie, mercerie, bureau de tabac et poste. Autrefois encore, des filles-mères trimballaient leur gosse sans crainte de représailles, et des nomades vivaient reclus dans des cabanes cachées dans les maquis. Des fontaines crachaient une eau claire et potable dans un lavoir où des femmes frottaient leurs draps et des enfants s'amusaient à se mouiller. Les ruelles étaient pavées, il n'y avait pas encore de trottoir, et le dimanche une sorte de petit marché s'installait à la sauvette le long des murs avec ce qui avait été cueilli dans les bois ou produit dans les villages voisins, ou plus loin encore, dans les montagnes : des cerises noires, du pain, du lait de chèvre, du fromage, de l'agneau. Depuis, ce jour est réservé seulement à la messe qui saute d'une église à l'autre, le manque de curé obligeant à changer de paroisse chaque semaine, il faut donc prendre la voiture, moins de temps pour le marché, et puis l'enseigne Mammouth vient d'ouvrir dans la zone commerciale, c'est plus pratique. On passe d'une pauvreté campagnarde et froide à l'expansion économique avec le poste de télé dans la cuisine, l'eau chaude et courante sur le corps à l'heure du bain. Les façades sont ravalées d'un crépi jaune moutarde, des parcs d'attractions sont construits en bordure de ville, des trottoirs sont élevés avec le tout-à-l'égout et le gaz, de belles villas luxueuses sont bâties à flanc de colline. Arnaud naît au début de ces années 70.

On se souvient encore du fond de cour, la boue qui crotte les chaussures et les gerbes immenses où les bêtes pouvaient s'abreuver. On raconte comment la pluie traversait le toit, le mistral gelait les couloirs et les draps, et le poêle devenait le foyer, une lueur dans ces longues soirées presque polaires. La mère d'Arnaud connaissait bien la petite maison, à l'époque où ces murs appartenaient à sa tante déjà, quand elle y passait ses vacances, enfant. Aujourd'hui, à la place des gerbes ou des toilettes au fond de la cour, une dalle a été coulée, lissée, poncée et de grosses cuves en béton ont été posées à l'aide d'une longue grue. Arnaud y vit désormais, happé par ces lieux, comme un enfant du village qui naît et meurt en son pays. Qui s'attache à la terre plus qu'à la ville, et qui grandit entouré de paysans, son oncle, son grand-père, des cousins, une flopée de voisins, dans une bourgade où on pourra toujours compter plus de viticulteurs que de médecins.

Pourtant, ses parents se sont tenus loin de la terre, ça les effraie, les tétanise. Chacun a connu un parent, un ami qui a tout perdu en une saison. Il y a eu les oliviers cramés par le gel en 1956, les vignes recouvertes de maladies, les hectares arrachés sur ordre préfectoral, leurs fruits tapés par la grêle, le vent. Alors quand Arnaud décide de quitter la fonction publique pour devenir vigneron, personne ne comprend. On cherche à lui faire retrouver la raison, avec calme, parfois ça chauffe, ça éclate face à son obstination, on lui dit réfléchis, Arnaud, vois combien c'est stupide de tout plaquer pour un métier que tu regretteras bientôt. Un autre paysan accoudé au bar s'exclame en rigolant toi, paysan ? mais qué truffe çui-là ! Puis il lève son verre de jaune. Mais à chaque fois, Arnaud remue la tête, décidé : il veut apprendre sur le terrain, il trouvera des parcelles en fermage, il connaît des gens au village qui l'aideront, peut-être. Il croit en sa persévérance et sa pugnacité, il veut produire ses raisins, réaliser son vin. Ça s'appellera le Clos de la Chouette parce qu'il a toujours aimé cet oiseau nocturne. Alors son père, abattu, le regard inquiet, les mains à plat sur le comptoir, lâche que la cabane est sur le chien. Traduction : tout part à vau-l'eau.

On lui demande comment il veut s'y prendre avec deux enfants en bas âge et des encours de crédit, déjà. Il répond que ça n'est pas important, il se débrouillera, ce qui compte, c'est sortir de la salle des professeurs, il n'en peut plus de ces guimauves. Ce qui compte, c'est faire ce qui lui plaît. Mais comment sait-il que ça lui plaira, on lui fait remarquer qu'il n'a jamais touché à une houe, à une pioche, ni à un tracteur. Il remue encore la tête pour dire non. Ceux qui pensent le connaître sont finalement loin de la vérité.

Gamin, il se souvient d'un classeur à pochettes transparentes qu'il remplissait chaque mois d'une page annotée des températures, variations météo et de ses impressions à propos des jours écoulés, nez pointé vers le ciel, la pluie viendra-t-elle ou pas ? Il se souvient d'avoir aidé son grand-père à planter des chênes truffiers là où personne n'osait jamais planter quoi que ce soit, par crainte que le terrain passe en constructible. Il se souvient des plantes et des cailloux qu'il défrichait dans la butte et triait en fonction de leur couleur, forme et porosité. Il a appris le nom des arbres, des oiseaux de passage à la fin de l'été, des poissons dans les rivières environnantes et des couches en mille-feuilles sous ses pieds. Il a travaillé durant la saison des vendanges chez François, chez Michel, chez Jean-Pierre, chez tous ceux qui le connaissaient depuis tout petit et voyaient en lui de la volonté et de la joie. Il a cueilli des grappes de raisins trop mûrs, il a goûté au jus sirupeux qui coule entre les doigts, il a porté des caisses à bout de bras, de lourdes hottes sur son dos. En hiver, il a taillé seul ces rangs interminables, seul dans le jour noir, le froid rude contre sa peau rougie, les phalanges douloureuses qui pressent un sécateur sans fil. Au printemps, il a ébourgeonné des vignes trop opulentes, épampré leurs pieds, jeté à terre des feuilles et des fleurs, et ça lui a fait mal au cœur, comme toujours quand c'est la première fois.

Encore aujourd'hui, après toutes les tâches accomplies, tout le labeur fourni, la sueur déversée, quand il se remémore ceux qui lui disaient qu'il ne connaissait rien à la terre, il réfute en silence. Puis il s'assoit à la table de sa cuisine et trinque à sa santé, sa vigne, son domaine. À la santé de son père aussi, lui qui finalement a été le premier à y croire et le suivre dans son projet. Et dont l'inquiétude s'est muée en une confiance infaillible dès qu'il a vu le visage de son fils s'éclairer, l'excitation monter à l'idée de l'acquisition d'une parcelle, celle qui donnerait le *la*, compris le goût du risque d'un paysan qui s'invente. Son père a remarqué tout ça, il l'a senti au bout de ses doigts, et a aimé le vivre à travers lui.

    La parcelle qui donne le *la* ressemble à un dôme qu'on arpente difficilement, des vignes plantées serrées presque comme sur un coteau. On ne voit ça nulle part ailleurs ici. Au point culminant, le regard domine la plaine, il n'y a aucun voisin, aucune bâtisse, pas de bétail. Une impression de seul au monde. On dirait la Toscane. Derrière le talus, une forêt coupe du vent fort et entêtant, ses chênes centenaires protègent les nuques et les oreilles d'un froid mordant. C'est un endroit secret, qu'on ne devine pas depuis la route. Il faut s'aventurer dans le bois, tourner à gauche, grimper le chemin, et la vigne apparaît soudain. Ses premiers pieds fébriles, entortillés dans du liseron ou de la ravenelle, ressemblent à des brindilles, ils prêtent à confusion, on les remarque à peine, on croit passer devant de mauvaises plantes qui auraient poussé là par hasard, sur la roche. On se demande comment ils peuvent supporter les feuilles, le raisin. Pourtant,

Arnaud ne veut pas les arracher, tant pis s'ils sont faibles, persuadé que chaque individu a une importance dans un groupe. Les pieds des rangées suivantes sont généreux, éclatants, robustes. Ils livrent des billes noires juteuses et pleines. La parcelle est baptisée comme une île parce qu'il y a la sensation d'être perché sur un roc entouré d'un océan, plein soleil et à l'abri du vent.

L'air se soulève, les tiges se frottent entre elles. Tout est vert maintenant, les apex lancés, le feuillage épais. Tout est vert mais recouvert d'une fine pellicule bleutée à cause du cuivre pour protéger du mildiou que les paysans pulvérisent avant la pluie. Arnaud compte les jours qui le séparent du dernier traitement. Il jette un regard circulaire vers les nuages sombres, ferme les paupières. Il ne veut pas penser au noir qui remplit soudain le ciel, qui devient étrangement menaçant, qui tournoie à la manière d'un cyclone, aux branches qui battent, aux oiseaux qui se figent et se taisent. Il ne veut pas penser à cette apocalypse qui s'abat chaque année sur leurs têtes. Une goutte, deux gouttes, dix, quarante, un millier. Il court jusqu'au pick-up se protéger de l'averse. Un déluge opaque rompt le panorama sur la parcelle. Pourtant, il le savait, le sentait depuis la veille, ça devait arriver. La pluie, par vagues, torrentielle, qui emporte les chaussées, les contrebas, la boue et les galets. La pluie, violente, qui arrache les cimes, les fleurs, qui propage les algues et les champignons. Encore une fois, il sait qu'il ne pourra pas sortir son pulvé pour traiter.

Le matin, un voile se forme sur la campagne humide, le ciel bas et gris, les pavés mouillés, les herbes maintenant trop hautes d'avoir poussé, trop vertes d'être arrosées en permanence, sans qu'on ne puisse travailler le sol et entrer dans les parcelles. Il chuchote, plusieurs fois par jour, comme un mantra allez mistral, lève-toi, mon petit, et sèche-moi tout ça. Au fond, il espère que les pluies cessent bientôt, que le temps vire au chaud, au calme estival, les cigales sortent enfin de terre et se mettent à crisser. Il sait que le dicton ne se trompe jamais : s'il pleut en juin, mange ton poing.

Face à leur maison, de l'autre côté de la rue, il y a le lopin de vigne que tout le monde désire. La parcelle se trouve en bordure du village, elle définit la frontière avec le nouveau quartier pavillonnaire que tout le monde critique. Des maisons de briques fines, jardins sans herbe et piscines d'ardoise. La parcelle de vigne mesure quatre hectares, en plein village, connue pour être passée en constructible et que l'irréductible viticulteur propriétaire de soixante-cinq ans, Pompon, ne veut pas vendre, ni céder aux concessionnaires immobiliers, ni louer à d'autres paysans. Ça serait abandonner ses idées, manquer à sa vie, se moquer de tout ce travail accompli, faire un pied de nez à son existence. Sur le portail de son hangar, à la vue de tous, il a cloué un panneau fabriqué dans des planches en bois, et peint à la main, en lettres capitales, NON À L'EXPROPRIATION DU CŒUR DE VILLAGE. Cette vigne, c'est son bijou, son havre de paix, une île au milieu du bitume et de la pierre. Elle est entourée d'un long muret, sorte d'enclos que personne n'ose traverser pour aller s'y balader. Au printemps, le week-end quand il fait beau temps, et que les villageois mettent le nez dehors pour cultiver leur jardin, lancer un barbecue avec des amis ou promener leur chien, Pompon va et vient sur son tracteur et envoie sur les bourgeons des fongicides systémiques sans parfum et incolores. Il termine sa tournée de traitement en vidant le fond du pulvérisateur sur sa vigne adorée.

Et les enfants courent dans le village, respirent cet air chargé de produits, ce parfum sucré. Des nez saignent, les gorges s'irritent, les yeux piquent. Mais on préfère croire aux allergies du pollen qui émane des peupliers, des cyprès. Et Pompon va et vient sur son tracteur, à toute vitesse, anxieux de ne pas pouvoir clore cette journée, le crâne qui luit sous un soleil ardent, un casque pour protéger ses oreilles du bruit. Et chaque printemps, Arnaud devient fou à la vue de ce spectacle qui se déroule sous ses yeux, de produits liquides qui se propagent comme une brume dans l'air. Et dès qu'il entend le tracteur de Pompon traverser le village, Arnaud se lève de sa chaise, peste dans la cour, il est *mûr* il est *mûr*! Mais quel con! Traiter le week-end, à midi, traiter quand tout le monde est dehors, il est *mûr*! Puis il rentre pour refermer les portes, les fenêtres, les oscillo-battants, il protège l'intérieur, sa famille, alors il faut essayer de se calmer, de souffler, malgré cette impression d'être le seul à se comprendre.

Il angoisse en se grattant le front, il maugrée que le vent ne s'est pas levé, ta race maudite. Il enrage, la colère lui fait pester des mots vulgaires. Il pense à tous ces hectares qui forment une cartographie dans son esprit, lui font tourner la tête. Il sait qu'il va devoir travailler le samedi, le dimanche peut-être aussi, il manque de temps, tout le monde est en retard, même la cave coopérative, avec la pluie qui ne s'arrête pas de revenir, le temps qui ondule entre le froid et les tropiques, le mildiou qui se déploie. Il liste à voix haute tout ce qui lui reste à faire : débroussailler au rotofil, décompacter la terre au griffon, laisser ruisseler la pluie entre les sillons. Décavaillonner à la charrue les pieds buttés la saison précédente. Faire des trous à la mini-pelle pour le potager de Nathalie. Revoir les traitements et peut-être doubler la dose à la pompe à dos. Descendre et relever les câbles Deltex. Contempler le ciel au crépuscule, ses liserés orange et rose contre les nuages. Faire la sieste, faire la fête. Dormir.

Sa peau revêt un nouveau parfum, celui du soufre. Il a beau trier ses affaires entre celles des traitements et les autres, il y a toujours un tee-shirt ou une veste qui passe à la machine et embaume le reste. Le soufre se lie aux matières et à l'eau, on peut le laver plusieurs fois, l'odeur ne disparaît pas. Elle imprègne les pores, les poils, les cheveux. Elle devient haleine. Et quand il embrasse Nathalie, il sent combien elle aime ce parfum et ce goût sucré qui tapissent désormais ses lèvres.

Son téléphone vibre dans sa poche, c'est le jeune, ça aussi il s'en doutait. Le jeune en a sa claque de ce temps, de toute cette pluie, de ce bordel. Il dit : l'année dernière, on râlait à cause de la sécheresse, là maintenant, c'est les tropiques. Il répète ce que tout le monde radote au café du coin, à la boulangerie, dans les allées du supermarché : on n'y comprend plus rien. Hier, il faisait presque trente degrés, demain, il n'en fera plus que dix, et du mistral à décorner les bœufs. Le jeune s'effondre en pleurs mais, à l'autre bout du combiné, ses larmes sont silencieuses, inaudibles. Il ne veut pas montrer sa détresse, comment il se sent sclérosé au réveil, angoissé au petit déjeuner, livide quand il faut aller chercher les enfants à l'école et qu'il refait le tour des vignes. Le mildiou qui avance et s'étale sur le revers des feuilles, des taches huileuses d'un côté, cotonneuses de l'autre, les raisins de la taille de petits pois, encore tout verts, tout durs, recouverts d'une fine pellicule cendrée, est-ce l'oïdium, ah non ça mon petit c'est du mildiou, répond un autre paysan qui a des terres en bordure des siennes et qui vient toujours comme par hasard, un vieux paysan rabougri qui porte le béret en toute saison. Il dit au jeune : peuchère mon petit c'est le début des emmerdes là, t'es clafi de partout, et l'oïdium fais gaffe parce qu'il viendra après, pourquoi t'as pas pris le fongicide liquide ? pourquoi tu sulfates ? tu vas t'épuiser ! Et le jeune voudrait lui répondre, mais il ne dit rien, sachant très bien que le ton pourrait vite monter, il sait qu'il a la main facile, qu'il pourrait lui envoyer son poing à la figure tant il est épuisé, hyper tendu, alors il préfère s'éloigner pour appeler Arnaud, son ami.

Le jeune n'avoue pas son désarroi, celui de boire jusqu'au bout de ses forces pour oublier, ne plus penser. Chaque soir, il s'enferme dans sa cave, tire le verrou, desserre le robinet en inox, tire une bonbonne de vin directement à la cuve. Et il s'enivre, triste comme un paysan sans ressources, qui ne sait plus comment joindre les deux bouts, qui doit encore faire bonne figure, vendre, fabuler. Eh oui, il est bon mon vin, terroir exceptionnel, vignes plantées plein sud, plusieurs années passées en foudre, un potentiel de garde incroyable, tanins veloutés, goût de miel, goût de fiel. Il regarde le fond de son verre, et soudain ça monte en lui, ça frétille, ça joue en lui comme un ressac, il voudrait se retenir mais n'y parvient pas : il éclate de rire, il se plie, se tord. Il rigole en pleurant, il pleure en rigolant, c'est peut-être un burn-out, et à cette pensée stupide son rire redouble, s'intensifie, il ne peut plus s'arrêter, seul et ivre dans sa cave, au milieu de ces hectolitres de vin, de ces cuves de dix mètres, de cette résonance, ce silence, il se dit qu'il ne manque finalement qu'un copain pour rire et boire à deux, se saouler jusqu'au petit matin, déverser ce qu'on garde dans le ventre, la bile, l'amertume, rire jusqu'à s'en décrocher la mâchoire, rire jusqu'à ne plus avoir de jus, la dernière goutte, le verre asséché, épuisé. Lui aussi est épuisé, lui non plus n'a plus de jus. C'est drôle un court instant, puis c'est de nouveau le raz-de-marée dans son cœur, un retour de vague brutal, une déferlante de larmes sur ses joues brûlantes. Il voudrait tout casser, faire valdinguer ses cuves, jeter à l'égout ce vin dont il croit que plus personne ne veut le boire. Il essuie son nez, sa bouche, pose le verre à terre, allez, fini, rideau, faut se coucher, je suis complètement bourré, il éteint le plafonnier, titube jusqu'à sa voiture, roule pour rejoindre sa maison perdue dans les forêts, loin des villages, des gens, des copains. Il retrouve son amoureuse endormie sur le matelas à côté du petit, il lui secoue l'épaule pour qu'elle se réveille et le rejoigne dans leur lit.

Le lendemain, le jeune ressent de la honte et du dégoût qu'il transforme en colère. Il veut démolir son engin, crier sur son employé qui a fissuré le cardan, comment il s'y est pris ce con pour exploser le cardan ! Il voudrait jeter son téléphone portable dans un fossé, se couper du monde le temps du printemps, il déteste cette saison qui l'angoisse à lui donner des cauchemars, ne le fait plus penser qu'à ça, voir le ballet des tracteurs qui s'enchaînent sur les routes, avec leur pulvérisateur, leur réservoir, la cartographie de leurs parcelles qui s'affiche jusque dans leurs yeux, du nord au sud en passant par l'ouest. Traiter, traiter la vigne, bien la traiter. Traiter ensemble, se faire un signe de la main pour dire qu'on y est, qu'on ne ratera pas un rang, qu'il y aura du raisin. Traiter avant la pluie après la pluie, mais s'il pleut tout le temps on fait comment ? Il s'agace, tourne en rond comme un chien en cage, décide d'aller boire le café chez Arnaud. Il envoie trois cartons de vin dans le coffre de son utilitaire et prend la direction du Clos de la Chouette.

Arnaud est là, assis sur la première marche du perron, les yeux dans le vague, sous un ciel matinal, pile dans un rayon de lumière. Il chuchote, horizon rose du matin, pluie en chemin. Le jeune lui répond qu'il est à cran, qu'il va encore pleuvoir ce soir, ça sent la grêle, on n'a toujours pas commencé à ébourgeonner, et toi tu en es où ? Arnaud le regarde, d'un air perdu, blasé. Nulle part, voudrait-il lui lâcher, dévasté.

Pourtant, sa fin de carrière se rapproche, le domaine est installé, reconnu, apprécié, Arnaud devrait se lever sans crainte, se sentir serein. Mais chaque fois, ça lui revient en angoisse, ça forme une boule dans son ventre, et il repense à Noël. Il repense au petit parti aux États-Unis et son cœur se serre. Puis cette vision, entre deux bouchées de dinde fourrée aux marrons, où Théo lui annonce être recruté par une entreprise spécialisée dans la tech, Arnaud qui répond c'est quoi la tech ? et Théo déblatère à la table festive une série de mots dont lui seul saisit le sens, tandis qu'Arnaud espérait encore que la terre l'aurait piqué plus que le reste, alors qu'en fin de compte son garçon se fiche de tout ça, que la vigne l'aurait forcément séduit davantage avec son bourgeon vert, sa fleur en corolle, son fruit généreux qui claque sous la dent. Et tandis que son fils explique la conquête spatiale, les défenses intérieures, le virtuel, qu'Arnaud ressert les convives à grands coups de vin rouge, à ce moment précis, il remarque que le verre de Théo est toujours plein. Son garçon ne boit pas de vin.

Il pense aussi à sa fille, mais elle a décidé de faire des études de médecine : comme ça, c'est plié, se dit-il, il n'y a plus à discuter.

Personne donc pour reprendre le domaine. On ne peut pas mettre tous ses espoirs sur le petit dernier qui vient à peine de naître, vingt ans c'est long, trop loin, absurde, lui se voit déjà sur une plage de sable sans coquillages, face à un lagon transparent, le sel qui recouvre sa peau et ses cheveux. Quand le petit dernier sera grand, lui sera vieux, et le domaine loin derrière. Alors en attendant, il fait ce qu'il sait faire de mieux, humer l'air, regarder le ciel rose du matin, pluie en chemin, et tenter de se souvenir à quelle année ce temps lui fait penser.

— 2008 ? demande le jeune.
— Non, beaucoup trop d'eau, beaucoup trop...
— 2018 ?
— Avec un mélange de 2011, peut-être, parce que tu vois comment les températures restent basses, la nuit...
— Et 2012 d'ailleurs, c'était comment ?
— Alors là, aucun souvenir, répond Arnaud.

Si seulement il avait continué ses classeurs de bulletins météo, il aurait une trace sur papier, une preuve tangible.

Avec le jeune, ils partagent le café, essaient d'entrevoir à deux du beau au milieu de ce qui semble compliqué. Ils auront du raisin, c'est sûr, il faut y croire, le plus difficile, le gel, est peut-être passé. Il faut maintenant espérer que les traitements fonctionnent et prier pour que la grêle les épargne, prier jusqu'à la fin des orages d'été. Le jeune se sent mieux, un peu requinqué en compagnie d'Arnaud, sa tasse entre les doigts et son regard écarquillé, tout semble plus facile avec lui, dans la conversation. Enfin, ils échangent des pièces de tracteur, des cartons de vin, une tape dans le dos, ils s'appelleront plus tard, quand le temps aura encore changé, muable, libre comme eux. Quand la pluie aura enfin cessé. Quand un employé aura posé un nouveau congé payé et qu'on manquera de main-d'œuvre. Quand la vigne se répandra magnifique par-dessus les fils qu'on aura montés, descendus, remontés sur les piquets,

 et que, brillante, grimpante et agrippante telle une liane, elle ira

 s'entortiller et se fixer à la moindre prise, pour atteindre peut-être là-haut

 un ciel toujours plus chaud.

ÉTÉ

Nathalie

Avant lui, elle ne connaissait rien de tout ça. La vigne, la nature, elle ne les remarquait même pas. Elle nommait les espèces par séries, comme on l'apprend à l'école, un arbre est un arbre, une feuille est une feuille qui tombe, sèche, pour qu'une autre repousse au printemps. Alors contempler un cep, s'y attacher, lui donner une forme, comprendre son sol, sa matière, son origine, d'où il vient, ça ne lui appartenait pas, mais à un autre monde, à d'autres gens, à ceux de la campagne. Le mot cep ne signifiait rien à son oreille. Elle ignorait la différence entre un sarment et un courson, un rouleau

Faca et un griffon, une barrique et un foudre. Elle s'en fichait. Son enfance, elle l'a passée loin des champs, dans un bateau en périphérie de la ville.

C'est une barre d'immeuble faite d'aluminium, de béton, un assemblage de bastingage et voiles métalliques, qui semble foncer vers l'avant, provoquant le bruit, les avenues et les tours HLM. Les appartements sont spacieux, en duplex, traversés par beaucoup de lumière. Des portes coulissantes en forme d'accordéon donnent sur des balcons privés d'un côté, des coursives partagées de l'autre, comme la passerelle d'un bateau de croisière. À l'intérieur, les murs dépouillés n'ont pas été repeints, le sol n'a pas été recouvert, les tuyaux sont apparents, les escaliers composés de ferraille comme si on avait bâti le navire puis laissé, aux futurs occupants, la charge de l'embellir ou de se l'approprier. Il y a des traces de spatule, des trous de perforateur, des défauts, des fissures, des joints visibles, des restes de plâtre à gratter laissés par les ouvriers. On tente de l'arranger, l'enjoliver, on ne veut pas vivre dans une sorte de hangar. On pose du linoléum dans la cuisine, de la moquette dans les chambres. On suspend des toiles et des rideaux, on met de la couleur. Mais la jeune Nathalie se fiche de la décoration, du béton froid, de l'aluminium qui chauffe sous la main en été. Elle aime cet espace neuf revisité par Jean Nouvel, cette architecture Bauhaus découverte en arts plastiques, ces lignes qui s'entrecroisent, rouges et grises, ces portes à hublot, la coursive où on peut faire du vélo avec Clément, tellement c'est large, les escaliers où on peut se suspendre avec Bettina, tellement c'est haut. Ça change du studio au rez-de-chaussée où elles vivaient à quatre, sa mère ses sœurs et elle, au pied d'une tour de quinze étages qui sentait la pisse dans le couloir, avec des voisins qui se criaient dessus en permanence, des culottes et torchons accrochés à des cordes à linge qui tombaient jusqu'à leur balcon et que personne ne venait jamais chercher. Elle préfère son navire, même si sa mère la gronde quand elle escalade les garde-corps, quand elle se laisse pendre aux piliers ou se penche trop fort dans le vide.

Elle se souvient encore de la chaleur entêtante sous la tôle du bateau, été comme hiver. De soirées partagées avec les voisins, les mômes qui courent partout, les guirlandes de fête épinglées au balcon. De sa mère qui fume, assise sur la tablette en aluminium fixée au parapet qui fait office de banc. Les jours de mistral, elle s'imagine être sur la proue d'un navire à propulsion mécanique, et les lettres rouges Bienvenue à Bord s'affichent en guise de pavillon. Les touristes viennent voir le paquebot, le prennent en photo, demandent à Nathalie, Bettina ou Amina comment elles se sentent ici, leur proposent même de visiter l'intérieur des appartements pour quelques francs. Sa jeunesse se déroule loin de la verdure, dans cet espace de concrète et de squares gris, elle n'imagine pas un jour en partir, ni même s'en éloigner. Elle grandit au rythme de son quartier, fréquente le collège près de la gare, partage des kebabs-frites avec Amina, sirote des canettes de Fanta face à la vue panoramique du dernier étage de son navire.

D'un mouvement sec, elle chasse ces histoires passées de sa tête, pourquoi tu penses à ça Nathalie ? tu t'en fiches du paquebot, et elle revient à son réfractomètre. Elle se tient au centre de la parcelle, seule sous un soleil de plomb, au premier jour du mois d'août. Elle choisit une baie au hasard, un peu à l'ombre du feuillage, l'éclate contre la petite lame en verre de son appareil, pose un œil contre l'oculaire et, comme avec un kaléidoscope, lève son visage pour viser la lumière. À l'intérieur de la goupille, le trait qui indique le taux de sucre a encore augmenté : elle pâlit. Alors elle parcourt les rangs et procède à une cueillette de grappes qu'elle glisse dans un sachet plastique, elle va et vient, la main qui cherche sous les feuilles, l'œil qui sélectionne, la dent qui croque le pépin, il n'y a pas un bruit dans l'air des grandes vacances, les cigales le jour, les grillons la nuit, un léger vol d'oiseaux. Le temps semble ralenti, la chaleur pousse à se réfugier à l'intérieur des maisons où chacun attend que la fraîcheur du soir s'installe pour enfin respirer et se mouvoir. C'est un moment étrange, presque coupé du monde, suspendu, où toute son attention réside dans ce prélude, jusqu'au commencement des vendanges.

Elle dispose son petit laboratoire dans la cuisine, des bols, fioles et produits. Elle essuie son visage dans une serviette, devenu liquide sous le soleil écrasant. Pas une journée n'est passée en dessous des quarante degrés, la canicule s'intensifie depuis des semaines. Elle pense à Arnaud, qui a cru voir le vignoble mourir sous les déluges de pluies printanières, et qui craint encore chaque jour la grêle quand ça monte blanc au fond du ciel comme une île flottante, et que la chaleur torride rend l'air irrespirable. Elle ouvre les sacs et son carnet sur lequel elle s'applique à retranscrire les jours, acidités, degrés. Le raisin, pressé sous ses doigts dans le saladier, forme une texture gélifiée, compacte. Elle passe la mixture à travers un tamis, en écarte les peaux, ça colle aux mains, ça pègue sous ses ongles. Puis elle opère sur le jus un virage à la soude, avec trois gouttes de bleu de bromothymol, elle voudrait parfois y envoyer toute la fiole, elle craint de ne pas être assez précise, de louper une goutte, et fausser la lecture. Pourtant, le liquide passe du transparent au rouge, d'un geste crispé, elle referme la burette, manque de casser le bécher. Sur la tige graduée, elle découvre le temps qu'il lui reste, sa poitrine pique, ses mains deviennent moites. Elle compte, plus que dix jours.

Au collège, elle est convoquée par le proviseur. On lui ordonne d'attendre dans le couloir. Assise sur le banc, elle s'inquiète. Elle sait pourtant qu'on ne peut pas lui reprocher ses notes, ni son assiduité, ni son comportement timide face à toute sorte d'autorité. À l'appel de son nom, elle entre dans le bureau, anxieuse, ses jambes flageolent, mais le proviseur se lève, un sourire immense plaqué sur ses lèvres. Il ouvre en grand les bras comme s'il voulait la serrer contre lui, amicalement, puis aussitôt les referme, un peu confus. Il l'invite à s'asseoir, lui propose un café, mais Nathalie décline. Elle s'interroge, que lui valent ces pirouettes ? On lui explique qu'elle a l'honneur d'être sélectionnée pour intégrer un lycée d'excellence, que ça arrive rarement, un privilège, une aubaine qu'il faut saisir ! Elle pourra se rendre aux portes ouvertes, la région et la ville défraient ce genre de déplacement. On peut lui octroyer une bourse au mérite aussi, si elle décide de partir vivre en internat. On lui propose de fuir, fuir quoi ? Le paquebot argenté ? Encore aujourd'hui, à ce souvenir, son cœur se serre.

Elle voudrait répondre non merci je reste ici, mais n'ose rien dire au proviseur. Elle a honte de ne pas se sentir impliquée dans cette aventure, elle voudrait le cacher à sa famille. Qu'on la laisse tranquille, qu'on l'oublie. Mais une lettre, un dossier d'inscription et un vœu de bourse sont envoyés au navire. Cris de joie à l'ouverture de l'enveloppe, embrassades et pleurs. La jeune Nathalie doit faire semblant d'être honorée, elle essaye le soir, quand elle est dans son lit, d'oublier les mots répétés par sa mère, en boucle, l'exhortation jusqu'à l'obsession : il faut qu'elle accepte de quitter sa vie, ses amis, son bateau. Alors elle remplit le dossier à l'aveuglette, fait sa valise, embrasse ses sœurs, et part à mille kilomètres de chez elle.

Elle partage un dortoir avec des filles qui viennent d'encore plus loin, parlent la langue slave, mais surtout excellent en maths. Elle se rappelle avoir détesté cette mentalité compétitive, mais aussi avoir vu sa mère si fière d'elle, ce lycée, ce renom, de sorte qu'elle ne pouvait battre en retraite, elle aurait eu l'impression de l'abandonner.

Nathalie rechasse cette pensée de sa tête. Pourquoi le passé vient-il la tourmenter au moment précis où elle cherche à être concentrée ? Elle essaie de passer à autre chose en téléphonant au jeune pour savoir si lui aussi a choisi cette semaine comme départ de campagne. Il parle vite dans le combiné, déjà stressé, épuisé, se plaint d'être en retard, avec son équipe toujours incomplète, des personnes ont annulé au dernier moment. Il va donc devoir attaquer avec un prestataire qui enverra des Marocains ou des

Espagnols qui coupent bien plus vite que les Français, on peut les chronométrer, c'est incroyable, même si certains ne travaillent plus à partir du vendredi midi à cause de la prière. Il voudrait lâcher quelques idées racistes mais se retient, ajoute simplement que s'il s'y prend bien, il devrait finir le jeudi soir. De toute façon, il en a marre, avec sa femme, ils s'engueulent pour des broutilles, elle veut des étiquettes avec du papier vergé, des noms de cuvée avec les prénoms de leurs enfants, des vendangeurs et surtout pas de vendangeuses, du rouge éraflé et pas de carbonique, voilà, tout est propice à des disputes en ce moment, tu en penses quoi, toi, Nathalie ? Mais elle ignore ce qu'elle pourrait lui répondre pour le requinquer, tant elle le sent en équilibre sur un fil prêt à casser. Elle voudrait le prendre dans ses bras, lui tapoter la nuque, lui dire que tout ira bien. Mais le jeune ne supporterait pas cette douceur, ces paroles amènes. Il croirait forcément à une entourloupe, lui qui craint la bonté et préfère la souffrance. D'ailleurs, une douleur pulse dans sa main gauche d'avoir tapé contre un mur jusqu'au sang, la brisure de ses doigts, ça, ça lui semble toujours plus réel, palpable, que la bienveillance.

Il y a des années où les vignerons sont fatigués à peine les vendanges commencées, ça traduit un printemps compliqué, des vignes comme des cimetières à cause du mildiou, de l'oïdium, du black-rot, à cause des sangliers qui ont dévoré les premières grappes encore vertes pour étancher leur soif et n'ont laissé que la rafle pendre, à cause des grelots secs, rien à presser, des insectes qui ont piqué les baies pour récolter le sucre, du raisin qui moisit ou qui sèche, des feuilles tombées sous la canicule, comme cramées par un feu de forêt, d'une vendange qui ne mûrit pas, aigre sur le palais. Et il y a des années où tout se déroule simplement, vite, efficacement, où l'équipe comprend la cadence, les chants dans les vignes, et au rythme d'un travail éreintant, où tout manifeste la bonne humeur, où les cœurs se lient, les amitiés se forment.

Avant, elle n'y connaissait rien. Les vendanges à la main lui semblaient comme une photo en noir et blanc, un peu lointaine, aperçue dans les livres d'histoire-géographie, des hommes aussi maigres que des brindilles transportaient les raisins dans de larges hottes hissées sur le dos courbé, des chevaux et des vaches tractaient des bennes, des femmes en jupes longues soulevaient des paniers en bois en forme de trapèze qu'on appelait bailhots, à bout de bras. Contrairement à Arnaud, ça ne lui avait jamais effleuré l'esprit de devenir vigneronne. Être paysanne appartenait aux familles de paysans, se transmettait de génération en génération, ça demandait un savoir inné, un don, depuis tout petit avec le papi les mains dans la terre la conduite du tracteur et les jeux dans la grange les genoux pleins de poussière. Nathalie ne réussissait jamais à garder une plante vivante plus d'un mois, celle-ci finissait toujours par mourir de trop ou pas assez d'eau. Elle ne parvenait pas non plus à faire pousser un avocat en plantant trois cure-dents dans le noyau pour qu'il flotte sur l'eau, il moisissait au niveau de l'encoche. Elle mangeait des tomates en janvier, des oranges en juillet, des aubergines en octobre. Elle n'y prêtait pas attention, ça ne faisait pas partie de sa vie, de sa réflexion. Elle buvait du vin fort, tanique, elle se souvient de faugères, cahors, saint-émilion. Elle se fichait des étiquettes, de celui qui l'avait produit, de son goût. Elle voulait seulement que ça tapisse sa langue, ça gratte sa gorge, ça bleuisse ses lèvres. Elle cherchait surtout l'ivresse.

Sa mère meurt de façon brutale. Un cancer qu'on n'a pas détecté assez tôt, un cancer à cause de la pollution, ou de la cigarette, ou peut-être de ni l'un ni l'autre, souffle le médecin en refermant le dossier. Il faut l'enterrer, vider le duplex du navire, et le rendre au plus vite à la ville pour une autre famille dans le besoin, les filles sont grandes, elles iront ailleurs, elles pourront s'organiser, elles devront peut-être se marier. Il faut ranger les affaires dans des boîtes, le passé dans des cartons, trier, trouver des objets bizarres et se sentir gênée, jeter les meubles, remplir des sacs de vêtements à donner aux associations. Ça la rend totalement nerveuse, débordante de chagrin et de frustration.

Elle est très jeune quand elle rencontre Arnaud, et son monde devient soudain évident.

Maintenant, c'est elle l'adulte qui regarde, observe longuement ces jeunes nomades qui parcourent le globe en camion, leur fonctionnement, leur manière de concevoir le monde et la vie. Ils cherchent du travail manuel lié à la terre, la récolte des melons, la castration du maïs, le piochage des vignes. Ils parlent plusieurs langues, sont souvent débordants de blagues et de force physique. Ils aiment le soleil et se laissent porter en fonction des climats, des saisons. Ils vivent de bouts de rien, tirent des tuyaux d'eau et remplissent un jerricane de trente litres duquel ils s'abreuveront et se laveront pendant toute la semaine. Ils achètent des cubis de rouge qu'ils planquent sous les sièges avant, avalent des drogues puis se rendent à des festivals qui ont lieu dans les vallées le week-end. Quand elle est à la vigne, tôt le matin, elle entend des basses résonner au loin. Elle ne sait pas d'où le son provient exactement, le vent brouille sa trajectoire. Elle reste suspendue là, dans l'air déjà chaud presque caniculaire, son outil à la main, et elle écoute attentivement, elle perçoit un boum boum qui fait soudain vibrer une corde sensible en elle, un truc un peu disparu d'une jeunesse qu'elle n'a pas eue. Elle entend cette musique qu'elle n'a pourtant jamais écoutée, et ne peut s'empêcher de s'imaginer dans cette combe, le corps chauffé à l'ecstasy, à ne pas voir le ciel filer, la terre tourner, le soleil revenir.

Quand le jour tant attendu arrive, celui qu'ils ont choisi pour lancer le millésime, qu'on ne doit pas rater, qu'on n'en peut plus de guetter, elle se lève, le ventre noué, et elle sent une pointe sous la cage thoracique, un muscle pincé qui la gêne parfois pour respirer. Mais elle préfère l'ignorer, faire comme si elle ne sentait rien. Elle est prête, un pied sur le starting-block. Elle a accroché le petit matériel à des clous sur un mur de la cave, au-dessus de l'évier, des bouchons, bigorneaux, joints, raccords mâles-femelles. Ils ont désinfecté les cuves, le sol, les caisses à fruits, les manches de soutirage, les épinettes orange qui blessent souvent le bout des doigts. Elle a rappelé les vendangeurs, un par un, pour s'assurer qu'ils viennent, certains ont déjà parqué leur camion dans une vigne, d'autres vivent au village. Ils ont fait les courses, des sacs achetés en gros, kilos de pâtes, de riz, de pommes de terre. Cette fois-ci, ils n'ont pas oublié d'ouvrir un compte à la boulangerie pour les viennoiseries de la pause de dix heures. Plateaux de croissants, fougasses aux olives, fromage de tête, café filtre.

Au petit matin, il fait encore chaud dans la nuit. L'équipe s'attroupe devant le portail, un peu timide d'abord, sans trop oser se regarder, ni échanger. Parmi les habitués, ceux qui reviennent chaque année, il y a aussi les nouveaux, avec des profils auxquels on ne peut échapper : celui qui travaille dans un supermarché, remplit les rayons et ne veut plus jamais conduire de chariot élévateur. Celle qui insiste pour venir avec sa copine, peut-être pour économiser l'essence, peut-être pour ne pas se sentir seule ou effacer la peur. Ceux qui sont de passage dans cette vie, qu'on ne verra plus jamais, mais qui ont pourtant tant d'avis à donner. Celui qui étudie la viticulture et veut tout savoir tout comprendre, qui pose trop de questions et rend fou à la longue. Celui qui a soixante ans passés, bronzé, tout sourire et dents blanches, en forme olympique, qui n'est là que pour draguer. Ou qui est trop jeune dans sa tête et son corps et ne passera jamais la semaine.

La vigne apparaît à la lumière des phares, les voitures se garent contre l'allée de cyprès. Elle saute du camion, un peu stressée et directive, elle organise les rangs, deux par rangée avec les coupeurs, les porteurs et le tracteur, explique aux novices comment fouiller sous le feuillage, où exactement couper la grappe, pourquoi laisser les grappillons durs et acides, rempiler les caisses dans le fourgon. Certains l'appellent madame, d'autres la vouvoient, d'autres encore sont venus pour la rencontrer. Et ces jeunes filles envoûtées par Arnaud, et qui voudraient le toucher, croiser son regard, exister à ses yeux. Prêtes à aider jusqu'à la douleur. Il faut réussir à contenir les émotions et les délires, que ça ne déborde pas, reste amical, consciencieux. Garder une distance cordiale face à ces groupies, admirateurs fanatiques, adoratrices serviles, qui ne réalisent pas leur folie.

Boire le premier jus qui coule du pressoir, celui qui fait ploc ploc comme une pluie d'été, mesurer son alcool potentiel avec un mustimètre en verre, fragile entre les doigts. Elle donne une impulsion pour le faire tourner à la manière d'une toupie, il flotte, puis se stabilise dans l'éprouvette. Elle regarde en fermant un œil au sommet du ménisque, contre le verre, recopie la mesure dans un cahier. Elle fait des listes aussi, ça lui vient de ses études, elle note sur un tableau blanc, avec ce besoin impérieux d'organiser sa pensée. Les parcelles qui s'étendent sur différentes communes, l'équipe avec les noms des vendangeurs, les repas à organiser, les échantillons à envoyer en analyse. Elle inscrit ses pensées, ce qu'elle éprouve, ce qui se passe entre la cuverie, le raisin et sa tête. Des bribes de réflexion, des phrases qui ne se suivent pas, simplement pour jeter la frustration, l'anxiété sur le papier, et se donner un reste de courage, persévérer.

En cette saison, elle ressent une frayeur intrinsèque à laquelle elle ne peut échapper. Le vide, l'inconnu, ça lui donne des insomnies. La fermentation qui peut capoter, les raisins qui risquent de confire comme des citrons au soleil, les vendangeurs qui décident du jour au lendemain de partir. L'équipe qui craque face à la douleur, l'endurance exigée, la fatigue. Arnaud contient sa nervosité mêlée à son excitation en tirant sur sa roulée, en frottant ses mains entre elles, en disant allez c'est parti! Il entraîne les coupeurs, les porteurs, il donne le rythme, lui qui connaît ses vignes par cœur, cette saison par cœur, il lui suffit d'y être de la vivre, pour qu'il sache, sente l'émotion. Comme avec un enfant, dont le rire, le soupir ou la retenue donne aussitôt un indice de son humeur. Dans une famille, on ne peut pas se mentir.

Il est six heures dans la campagne, une fourmilière dans la cour se propage à la lueur blanche des spots accrochés dans les coins, crue sur les visages déjà en sueur, reflétée sur le béton clair, et donnant cette impression théâtrale où chacun sait ce qu'il faut faire, quel ordre suivre, où aller. On sort les caisses débordantes de raisins du camion frigorifique, l'une après l'autre, vingt-trois kilos à bout de bras. On les empile puis achemine avec un tire-palette, on aide à pousser sur le faux plat. On les déverse dans le pressoir, par sa bouche béante, en tirant en poussant en soulevant en criant. Nathalie décide des réglages de pression sur le cadran pour que la bâche cirée se gonfle, se dégonfle, tel un nuage blanc. Et le premier jus coule dans la maie. Quand le soleil se lève doucement, l'équipe est prête à partir, les épinettes déjà en main. Aller au loin couper le raisin, les musiques dans les oreilles, de la techno, du reggae, de l'accordéon, tout ce qui la rend confuse et lui donne des migraines. Elle ne peut s'empêcher de se demander pourquoi elle se sent à la fois si proche et si loin de ce qu'elle fait.

La cave respire comme un ventre. Les cuves émettent ce sifflement qui rassure, leurs liquides tournoient à la manière d'un cyclone. Elle répète ses gestes, tirer le jus d'une vanne, lire sa densité, la recopier dans un cahier. Mouiller le chapeau de marc qui pétille et surnage. Remercier l'équipe, dire à demain, motiver les troupes pour qu'elles ne sombrent pas au fil des jours. Se lever aux aurores, couper le raisin, remplir les caisses, les vider, les laver, se coucher tôt si possible, le corps écrasé de soleil, les cheveux éclaircis, la peau brunie, les bras écorchés, les mains mutilées, la tête en feu, bouillonnante des cuves auxquelles penser, à soutirer, surveiller. Il fait chaud, pourtant elle sent ses pieds glacés, trempés jusqu'à l'os, l'eau qui passe par-dessus ses bottes, sa peau fripée dans ses chaussettes humides. Déjà trois semaines à vendanger, et la fatigue qui tire les traits.

Elle doit décuver, on peut voir à travers la fibre de verre le jus monter et noyer les raisins écrasés, il faut se méfier de cette fibre orange qui coupe, qui décape quand on se frotte à elle, une sensation de poil à gratter sur la peau. Ouverture de la porte transversale, et les grappes roulent à ses pieds, dans une grande bassine blanche. Il faut prendre la fourche, casser les raisins devenus compacts et qui soufflent chaud, à grands coups dans le centre de la cuve, de toutes ses forces, envoyer les crocs dans les grappes, et les grappes dans les seaux qu'on déverse dans le pressoir. Mêler la sueur au jus, le jus à la sueur, les ongles et les mains qui deviennent noirs, bleus, violets. Elle respire le gaz, fait un mouvement de recul, attend qu'il s'échappe et se dissipe. Sa tête n'oublie jamais ces histoires d'individus tombés au fond d'une cuve, après avoir perdu connaissance puis la vie, asphyxiés.

Quand le décuvage se termine, le muscle chaud d'avoir porté des seaux à bout de bras, elle envoie le Kärcher sur la paroi de la cuve pour décoller les plaques de tartre qui font comme de la dentelle, en reçoit plein les yeux et la bouche. Elle passe le jet sur le sol, puis la raclette le long des murs pour retirer l'eau qui stagne en forme de flaque et, comme à chaque fois qu'elle enclenche ce geste, elle entend résonner dans sa tête la voix du vieillard qui lui avait dit cette phrase, fier de sa boutade : la raclette c'est comme la fille, tu la pousses pas, tu la tires. Et comme à chaque fois, elle fait une mine de dégoût. Puis elle inspecte le reste de la cave, se juche en haut d'une échelle, examine les contenants, hume le parfum mélangé au gaz qui se dégage, contemple les grappes brillantes, entières, qu'on pourrait croquer. Ça la charge d'une émotion particulière, un mélange de satisfaction et de plein, d'excitation totale. Avec l'aide d'un seau, elle envoie du jus d'une autre cuve qui bouillonne déjà par-dessus ces billes, referme le chapeau flottant à la pompette, grossit la chambre à air comme une roue de vélo. Elle prie pour que ça fermente bien, et vite, elle voudrait presser ce raisin bientôt. Plus loin dans la cave, une autre cuve monte en acidité volatile, quand elle soulève son couvercle à force de bras, une odeur de vinaigre, de pommes blettes s'en échappe. C'est mort, se dit-elle, on verra ça après. Elle jette un dernier coup d'œil à ses dix autres cuves qui fermentent, font des bruits comme des estomacs qui grondent, avant de retourner aux fourneaux peler les légumes, découper la viande, garnir les plats, composer des salades, le taboulé, préparer des sauces tomate à l'avance, des poulets entiers, des tartes en tout genre. Nourrir les ventres affamés, les gueules insatiables, les gorges assoiffées, les corps faméliques.

On frappe au carreau de la porte d'entrée, c'est la tante d'Arnaud, celle qui a bientôt quatre-vingt-quatre ans mais en paraît quinze de moins. Elle gravit les marches en faisant attention à ne pas trébucher sur ses maigres échasses, une paire de baskets à paillettes aux pieds. Elle porte une veste au motif léopard, un foulard en soie qui couvre sa gorge fragile, un jean noir, et à ses doigts, une multitude de bagues en or. Elle passe une main dans sa frange blanche et poivrée, sa chevelure lisse. Elle vient les bras chargés de paquets, elle a apporté du pâté, des caillettes, du rôti de veau, deux demi-meules de fromage, pour vous, pour les vendangeurs, elle dit d'une voix forte à cause de ses oreilles fatiguées : alors il est beau le raisin cette année ? il a l'air beau hein et puis il fait chaud on a de la chance, moi je me souviens on le mettait en bonbonne, le vin de l'année, bon allez je vous laisse les jeunes, je vais chez la coiffeuse qu'elle me refasse une beauté parce que regarde la tête que j'ai, enfin bon, on ne peut pas être et avoir été, voilà, bon allez faites de belles vendanges et tu me diras si tu l'aimes le rôti, tu peux aussi le congeler, moi à ton âge j'étais maigre comme un clou, ma mère me disait tout le temps mange mange que tu ne sais pas qui va te manger, allez à bientôt, et tu as lu mon texto ? parce que je me suis escagassée pour l'écrire, tu ne l'as pas lu, ah tant pis, ah voilà mon garçon préféré, continue-t-elle en embrassant l'enfant de Nathalie, eh oui, baudet le matin, en corbeau le soir ! allez cette fois-ci je m'en vais pour de bon, à bientôt ! Et elle repart en enjambant le dormant de la porte, s'accrochant au mur de ses mains pâles pour descendre avec précaution la marche du perron. Nathalie craint toujours qu'elle s'embronche dans l'encadrement qui revêt un défaut de pose, une réglette apparaît du sol, dangereuse, sur laquelle tout le monde se prend les pieds au moins une fois en passant.

    Beaucoup de gens vont et viennent, y mettent de l'huile de coude, de l'envie. On croise le mari de la grand-tante, ou la cousine par alliance, ou le beau-frère divorcé qu'on fréquente encore. Des amis perdus de vue et qui souhaitent renouer contact, voir le métier, le comprendre. La famille qui file un coup de main, en cuisinant, en gardant le petit, en coupant des grappes toute une matinée. Les anciens qui, malgré leurs articulations douloureuses, la chaleur étourdissante, et une certaine fragilité, réservent une journée entière à la vendange, pour regoûter à cette effervescence du moment, au cosmique peut-être, à se souvenir le temps d'une cueillette de leur jeunesse perdue.

Treize heures, l'équipe revient de la vigne, les corps en nage, les visages écarlates, lèvres poussiéreuses, tee-shirts noués sur le front. Certains ont pris des coups de soleil aux épaules. Un garçon a été piqué par deux guêpes, le volume de sa main a triplé, il se retire pour le reste de la journée. Certains sont encore en train de laver les seaux et les épinettes, d'autres finissent d'agencer le camion frigo, de remplir le pressoir. Nathalie a préparé une caisse en bois avec le couvert, le pain, l'apéritif, du fromage, un tire-bouchon. De grandes tables ont été dépliées dans la cour, recouvertes de nappes blanches, et bientôt, au son du pressoir qui continuera inlassablement son travail, on ouvrira des bouteilles et on se remplira la panse, à se resservir trois fois, à boire trois fois, danser encore et se délivrer. Des groupes se forment, comme dans une cour d'école, on ressent des rivalités, de l'agitation, des moqueries aussi. Les personnalités se précisent, les masques tombent. Il y a ceux qui ne s'arrêtent pas de boire et prendre des drogues, ceux qui affichent leurs muscles en se trimballant torse nu, ceux à l'écart qui n'osent pas sortir de leur coquille, ou qui ne parlent pas bien français et font beaucoup d'efforts pour s'intégrer, ceux qui chantent en chœur, ceux qui arrivent en retard mais s'en fichent à l'extrême, commandent et mettent les pieds sous la table, ceux qui font couler le café, débarrassent les assiettes, les plats, remplissent le lave-vaisselle. Ceux qui pensent tout savoir et donnent des leçons. Ceux qui, une fois arrosés, éméchés, aiment la bagarre, envoient leurs poings leur rage leurs cris.

Et elle, qui est-elle ? Qui sont-ils, eux, qui accueillent dans leur demeure des inconnus qu'ils ne reverront peut-être jamais, qui acceptent leur envahissement, leur propagation jusque dans leur salon ? Une vendangeuse demande si elle peut prendre une douche, elle reste des heures enfermée dans la salle de bains, puis se trimballe dans la maison avec une serviette enroulée autour du corps, la peau mouillée. Un autre lance une machine de linge, avec ses affaires encrassées, il dit que son camion ne dispose pas de l'équipement nécessaire. Un autre, allongé sur les matelas en mousse d'un coin ombragé de la cour, sommeille encore alors qu'il est temps de partir, de laisser respirer la famille, mais le vendangeur ne comprend pas, il reste avec eux jusqu'au soir. Pour lui, les vendanges sont une fête permanente. Alors il raconte sa vie, leur soutire des cigarettes, une bière, il fait des blagues en balayant le sol de la cave, en vidant la maie du pressoir, on pourrait presque croire qu'il va s'inviter à dîner chez eux. Nathalie se concentre pour ne pas défaillir face aux débordements, ces empiétements sur leur vie privée, qu'on lui laisse vite de l'espace, du temps.

En attendant, elle profite de la coupure dominicale, le jour qu'elle préfère, silencieux, sans agitation ni mouvement dans la maison, seule avec son amoureux et son enfant, à se prélasser sous un soleil qui finit sa lente ascension, tandis que le jus pétille, que ça embaume le pain et la levure jusque dans la cour. Elle pourrait vivre là, dans cette journée, pour toujours. Elle regarde Arnaud fumer sa cigarette, contempler le ciel, un verre à la main, serein, joyeux. Son fils joue avec le tuyau d'eau fraîche, il arrose les buissons, le rosier, la moiteur du soir luit sur son petit corps en couche-culotte. Elle ne ressent plus les courbatures, ses muscles se sont dessinés, son visage est presque émacié. Elle a donné tout son suc, atteint l'apogée.

Une musique gitane émane du jardin des voisins, par-dessus les toits,
    et les guitares et les voix s'élèvent avec un trémolo, les mains frappent la mesure comme la pulsation d'un cœur qui bat,
    les rires s'échappent des poitrines généreuses des gens heureux.

AUTOMNE

Le jeune

C'est une pluie d'abord légère, ploc ploc sur la cabine du tracteur, qu'il contemple derrière son pare-brise, mains sur le volant. La bruine se mélange à la brume qui s'élève du sol, enfle et s'épaissit, dérobe les allées, le bas-fond de la parcelle. Mais le jeune connaît ces arabesques par cœur, il sait comment s'y prendre, appréhender la tournière difficile, il n'aura pas de mauvaise surprise, comme une roue qui s'enlise, se coince dans les sillons, dans une terre trop mouillée qui aurait tendance à faire glisser, il n'y aura pas de tracteur qui vacille, chute, et au milieu de ce fracas, la peur au ventre de se blesser contre la carcasse, se démettre une épaule ou se luxer une hanche. Ou abîmer l'engin et que la réparation lui coûte un bras comme ce fut le cas il y a quelques jours avec l'employé revenu de la vigne avec la mini-pelle démantelée : mais comment il fait pour m'esquinter tout ça ? il est barge, il fait attention à rien, parce que c'est pas son matériel, il s'en fout, qué con à lui faire confiance, mais qué con ! Alors le jeune travaille cette parcelle seul, au moins lui sait comment s'y prendre, il n'aura pas de mauvaise surprise. Les vignes, allégées du poids de leurs grappes, poussent vers le ciel, tirées par les apex aux extrémités de leur tige, vertes et luisantes comme au printemps. Elles détonnent avec le gris du ciel, le temps maussade, les nuages qui tournoient, l'air encore étrangement tiède, balayé par ce vent du sud. Au fil de cette matinée qui pleuviote qui crachine, rien ne semble présager l'épisode cévenol. Le jeune non plus ne s'en doute pas, des années qu'il n'en a pas vu, que tout reste sec, un désert qui avance malgré le crachin qui ne sert à rien sinon mouiller les cailloux. Tout semble encore au ralenti, symbiose totale entre animal et végétal, lui harassé d'une campagne de vendanges interminable. Dans la cave aussi, l'accalmie est revenue, et il s'en est fallu de peu parce qu'il n'en pouvait plus. Ceux qui s'immisçaient dans son travail, touchaient à tout, se moquaient de sa manière de vinifier, tu triches tu triches on lui disait, à cause de l'azote ajouté, des températures contrôlées, du sac de levures qui traîne dans un coin de sa cave depuis des années et auquel il ne touche jamais, qui reste là comme une bouée de sauvetage, au cas où. Ceux qui voulaient picoler et l'ont entraîné dans des nuits étranges, lignes de coke le long des douves, vin à discrétion, discussions sans retenue, abandon de soi avec des inconnus. Ces lendemains difficiles, à se lever dans le petit matin, la tête dans le brouillard, à couper le raisin, porter des caisses à bout de bras, faire tourner la vis sans fin, et le chef de culture qui manque à l'appel, il décuve, paraît-il, alors le jeune s'énerve, crie, beugle sur son équipe, il veut dire qu'il n'en peut plus mais personne ne l'écoute.

Depuis toujours, personne ne l'écoute. Ni sa grand-mère qui lui a légué des hectares à n'en plus finir de vignes, de bois et de terres constructibles, ni son arrière-grand-père qui a construit, à l'entrée du village, l'immense cave aux lettres peintes en doré sur la façade, et que tout le monde lorgne depuis des années, ni son propre père qui a passé sa vie sur un tracteur, alors qu'il déteste ça, et qui a décidé sur un coup de tête, au milieu de sa quarantaine, de quitter femme, fils, famille, de fuir cet héritage poisseux, et partir vivre ailleurs sur une île au fin fond du Pacifique. Le jeune se retrouve à seize ans à devoir prendre une décision qui aura des conséquences sur toute sa vie, aider sa mère au domaine, traiter les vignes, abdiquer face aux demandes incessantes de sa grand-mère, écouter le maître de chai, faire équipe.

Il devient vigneron un peu par dépit, un peu avec tristesse aussi. Mais il rencontre bientôt Arnaud sur un salon, qui lui donne du courage et de l'envie. Il se souvient encore de l'émotion particulière qui se dégageait en discutant avec cet homme doux et serein. Il se souvient aussi de l'époque, un troisième jeudi de novembre, à l'annonce du vin primeur, du beaujolais nouveau. Il monte à Paris dans son camion en piteux état, avec à l'arrière une bonbonne de vin nouveau qu'il a transvasé de la cuve alors qu'il aurait pu l'emporter en bouteille. Mais le jeune sait que les gens de la ville adorent le folklore, qu'ils croient qu'à la campagne on transporte le petit bleu toujours ainsi, dans de gros contenants en verre. Au goulot, il a vissé un bouchon perforé, pour éviter une catastrophe, comme c'était déjà arrivé à son père quand la bonbonne avait éclaté, poussée par la pression du gaz qui s'en dégageait.

Au salon, le caviste a préparé des barriques en guise de présentoir, et les installe en rond dans sa boutique, Arnaud et lui près de la porte d'entrée. Le jeune est impressionné par cette vague de clients qui afflue toute la journée, à tout goûter, cracher, s'en mettre plein le menton, les mains, noter des impressions dans un calepin taché, passer des commandes en criant par-dessus les barriques tant le brouhaha de la salle s'est amplifié. Son vin est trouble, presque opaque, à cause des levures qui ne se sont pas décomposées, ça aussi, il voudrait l'expliquer, mais personne ne semble déçu ou étonné. Les journalistes grument le vin en faisant des bruits étranges, sortes de susurrations, et racontent avec des simagrées ce qu'ils dégustent, ils emploient des adjectifs rares pour le décrire, disent que c'est sans contemption, absolument jubilatoire, expansif, pas du tout putassier, et le jeune se gratte la tête, les écoutant sans dire un mot. Pour lui, son vin retrace une tout autre histoire, il dépasse la parole, la pensée, une sensation dans la bouche. Son vin, c'est son labeur, les traitements qui rendent la vigne bleue, la pioche qui casse le dos, les taxes qui augmentent, le prix du GNR qui double. Alors quand on lui dit que son vin n'est pas prostibulaire, il se retient de rire, il remercie, hoche la tête. Le soir, les vignerons vont dîner dans un restaurant étoilé célèbre, aux petites tables en bois et serviettes blanches, luminaires et haut plafond à corniches, rosaces ou moulures. Le jeune ne connaît pas les codes, il hésite à porter une cravate, à garder son béret, il se sent mal à l'aise avec ses chaussures pleines de boue et ses mains noires de terre, qu'il pourrait frotter avec du savon pendant des heures que ça ne partirait pas. Mais Arnaud sait le conforter, et leur amitié se scelle sur cette gentillesse, ce soutien. Le monde parisien vient lui faire des flatteries, des ronds de jambe, on le louange, le remercie pour son vin délicieux, et ils boivent, discutent, chantent jusqu'à la pointe du jour. Plus tard, une sommelière lui fera des yeux doux quand ils partageront une cigarette sur le trottoir, et il saura se retenir de l'embrasser quand elle posera son visage fatigué, enivré, contre son épaule.

Le jeune rêvasse en rangeant son tracteur dans le hangar. Puis il grimpe dans sa petite Twingo bleu marine toute simple à conduire, roule en direction de chez lui. Il a hérité du mazet en pierre reclus dans la forêt, loin de tous loin des cons, dit-il rempli de colère quand il a trop picolé le soir et qu'il part en roue libre, qu'il vrille. Cinquante mètres carrés qu'il choie, retape au fur et à mesure, qu'il aurait bien aimé agrandir, mais le travail de la vigne lui prend tout son temps. Arielle, sa femme, l'attend sur le perron, elle contemple la lune cachée par les nuages en fumant une cigarette. Son auréole ressemble à un cirrostratus, lui dit-elle, le voile translucide annonce souvent l'arrivée d'une dépression, regarde comme ça tournoie, on dirait un cyclone. Mais le jeune ne répond pas, il a la tête ailleurs, il pense encore aux vendangeurs volatilisés vers des régions où le raisin reste à ramasser. Il pense encore à eux, leur façon de lui parler, de se moquer, de donner des conseils en balançant les bras, de s'ingérer dans ses affaires. Ça l'obnubile, le hante, il aimerait pouvoir faire marche arrière, ne pas les écouter, les éviter, mieux, ne pas les embaucher. Qué con d'avoir cru en ce type qui m'a fait perdre mon temps, qui m'a aveuglé. Qué con d'avoir cru en cette nana qui ne m'a pas lâché d'une semelle, le jeune sait qu'il se faisait draguer, mais il n'a pas réussi à poser les barrières, à mettre des limites claires. Quel idiot d'avoir fait la fête avec cette bande d'illuminés, de m'être laissé entraîner. Et Arielle, qui n'était pas là, qui s'occupait des enfants tandis qu'elle croyait qu'il nettoyait la cave, continue de plaisanter sur son obsession pour les vendangeurs, elle lui lance en riant : pourquoi tu te tortures les méninges comme ça, eux, ils s'en fichent de toi, ils sont loin maintenant, tu ne les reverras jamais ! Il voudrait lui répondre que c'est à cause d'eux qu'il a raté plusieurs cuves, et que maintenant il s'en mord les doigts.

Le jeune embrasse sa femme, puis s'assoit près d'elle. Arielle a laissé les enfants chez les grands-parents, la maison est calme dans son dos. Tu dors pas, il dit. Non, c'est à cause de la lune, elle répond. Un éclair illumine soudain le jardin qui, l'instant d'après, replonge dans l'obscurité, un tonnerre gronde, puis un autre éclair hache, fragmente le ciel, et le noir devient plus total, le lampadaire de la rue a grillé. Ils se lèvent d'un bond, le ciel râle encore et des lames d'eau se forment devant leurs yeux ébahis. Tu crois que c'est une averse ?

demande Arielle en reculant. Mais la pluie gonfle, s'épaissit, s'intensifie, et l'orage devient menaçant. Ils rentrent s'abriter sous le toit, quand le jeune se souvient alors du volet au fond de la cave qui pourrait éclater sous le poids de l'eau s'il se formait une cuvette à cet endroit.

Tous deux reprennent la voiture en direction de la cave, pour s'assurer que rien ne va s'effondrer, que rien ne va casser ou se faire inonder. Le jeune ne pourrait pas dormir sereinement sinon. Ils passent sous le pont, même si c'est interdit quand la pluie est diluvienne, il n'y a pas d'autres chemins possibles pour sortir de la forêt. Des trombes d'eau brouillent la vue, il roule au ralenti, penché sur son volant pour mieux se concentrer, mieux voir les lignes blanches des bords de route. Puis il se gare en travers, court vers l'avant jusqu'à la cave, et le vent qui retient le portail comme une bouche qui aspire, il faut tirer fort pour réussir à l'ouvrir, faire un crochet avec la pointe de son pied, le maintenir, se faufiler avec Arielle. L'eau afflue comme une rivière sur leurs chevilles. Au fond, le volet roulant déborde, couine, c'est comme une vague derrière qui pousse le tablier, cherche à passer, gondole l'aluminium qui peut à tout instant céder. Il se fraye un passage dans l'eau qui déferle, Arielle crie : les cuves, les cuves, elles vont tomber ! tandis que le torrent se déploie, déchaînement d'un ciel qui craque et se fend, éclairs fendillants, lumières fracassantes, quand soudain, cette vision se meut en une cuisante impossibilité d'agir. Figés, ils restent tous les deux là, impuissants face aux forces terrestres, à contempler le spectacle d'une inondation presque jubilatoire, d'une nature qui se réveille. C'est le golfe du Lion qui rugit, s'agite, de vents tournants qui contrent les chemins froids glissant des montagnes, qui rencontrent les couloirs chauds et humides de la mer. Le dernier cévenol connu s'était passé au départ de son père. Le fleuve qui déborde de son lit, emporte les voitures et les maisons, arrache les arbres centenaires. Le souvenir d'un homme du village voisin qui se retrouve sur le toit, à glisser sur les tuiles tandis que l'eau monte, hostile, qui finit par se laisser dériver jusqu'au pylône électrique dans la nuit noire, sans électricité sur la campagne, un hélicoptère tournoie par-dessus sa tête, cherche une prise pour l'hélitreuiller. C'était il y a vingt ans.

La pluie s'éloigne comme elle est venue, elle embrase les contrées voisines, se fait aspirer par le fleuve, puis change de direction vers le sud. Alors le bruit assommant des forces ensemble, vent, torrent, déluge sur la tôle, sur les briques, dans les arbres, cesse. Au loin, les bêtes se réveillent, abreuvées, dans un tas de feuilles humides, les grenouilles coassent sur leur lit d'eau fraîche, les chouettes hululent dans les bois détrempés, les orvets argentés glissent sur la mousse.

Il allume la cheminée au début du mois d'octobre, avant que le froid s'installe dans les murs, que les températures dégringolent, que la maison soit impossible à réchauffer. Il jette des bûches sur le feu crépitant du foyer, du petit bois récolté dans les vignes, des bannes découpées à la tronçonneuse ou des sarments de l'année précédente, bien secs, qu'il suffit de briser à la main. Sinon du chêne qu'on commande à une entreprise de mafieux, livré en camion, et dont le stère paraît toujours plus petit une année après l'autre.

Le jeune revient à la cave au petit matin. Le sol revêt une fine couche de sable qu'on doit balayer jusqu'au caniveau, un sable orange comme si les vents du Sahara avaient rencontré le mistral d'ici. Le torrent a emporté avec lui des cartons, abîmé les étiquettes, mouillé des palettes pourtant prêtes à partir, il faut tout recommencer : ouvrir les cartons un par un, gratter à l'aide d'une éponge les étiquettes gondolées, en recoller des nouvelles. Ça l'épuise déjà, il y a tant d'autres choses à faire que rattraper un travail gâché. Tout ce qui compte maintenant à ses yeux, c'est de goûter ses vins, ce travail qu'il construit depuis la taille, voire l'automne dernier, voire depuis la plantation. Réfléchir à ses assemblages, avoir l'idée innée. Il voudrait ajouter un peu de blanc au rouge pour le délayer, baisser ses degrés qui s'envolent et pointent à plus de quinze, le détendre. Mais il n'est pas sûr, le doute le saisit, il appellera peut-être Arnaud. Alors le soir, quand les enfants sont endormis, que tout est redevenu calme, il retourne à sa cave et tire des tubes à essai de jus troubles et amers, un peu serrés sur le bout de la langue, un peu râpeux contre le palais, mais qu'il réussit à imaginer l'un après l'autre, l'un sans l'autre, l'un avec l'autre. Et ça fait comme une composition orchestrale dans son esprit où les couleurs, les sons et les lumières s'assemblent, se confondent, s'unissent pour ne faire qu'un.

On chuchote que ce serait une année d'exception, rarissime, avec du volume, de la précision, de belles structures. Mais le jeune se triture en permanence les méninges, avec ses questions en boucle dans son esprit, à propos des acides, des azotes assimilables, des sulfites libres ou intégrés. Il téléphone à Arnaud, plusieurs fois par jour, il sait qu'il finit par le déranger, mais il ne peut pas s'en empêcher : t'es comment toi au niveau des acidités ? basses ah oui, donc tes pH ils sont hauts ? Et Arnaud lui répond, un peu agacé, un peu impatient : oui, forcément que mes pH ils sont hauts, bon sang mais qu'est-ce que tu as, à flipper comme ça ? il est magnifique ce millésime, équilibré, pas trop chaud, toutes les cuves ont fermenté, alors pourquoi tu te prends la tête avec des acides et des basiques ? goûte et fais-toi ta propre idée. Depuis l'été, le jeune a perdu des cheveux, pris du poids, engoncé dans son pull trop épais, le jean qui lui serre la taille, les mains drues, et ça tout le monde le remarque. On commence à entendre des rumeurs, elles tournent jusqu'à la capitale avec les cavistes qui racontent qu'il serait une éponge à picoler tous les soirs, des chefs qui disent que c'est un imposteur, des sommeliers qui trouvent qu'il n'est plus si jeune que ça, que la nouveauté va. Et le jeune se gratte le crâne, ses cheveux tombent par touffes dans ses mains, dans le lavabo de sa salle de bains. Il voudrait pouvoir s'expliquer mais plus il raconte moins on le prend au sérieux, alors il rencontre de moins en moins ceux qui commentent le vin, ne veut plus leur faire goûter, ne répond plus au téléphone, il s'enferme entre ses murs, seul, isolé sous le néon aveuglant, fatigué de ce qu'il a accompli, de la vigne qui l'ensorcelle, qui lui demande toujours plus, déterrer les racines, faire les trous, gratter les pousses de chêne, amender au compost, aux granulés qui sentent le crottin de brebis, renvoyer son second de cave qui lui sort par les yeux avec ses idées préconçues sur la vinification, ses idées conspirationnistes sur l'histoire et le monde. Parfois il voudrait tout envoyer valdinguer, tirer sur la vanne et contempler les hectolitres de rouge se déverser dans la cour, au caniveau, sans rien ressentir.

Il allume l'applilque au-dessus de l'évier, attrape la pipette en verre sur le rebord en inox, décroche une fiole de son étagère. Un groupe de cavistes venus de la capitale pour goûter son millésime le regarde silencieusement s'agiter entre ses cuves, aux aguets, langues suspendues, s'affairent autour de lui, bras tendus vers la pipette, et on goûte les barriques, les foudres, on ne laisse rien au hasard. On peut lire sur les visages, voir briller dans les regards, l'appétit insatiable véhiculé par le jus nouveau versé dans les verres. Ils lèvent leur godet contre la lumière, s'extasient de cette couleur, hument le parfum, puis se galvanisent les uns les autres en faisant comme si le jeune n'était pas là, c'est bien meilleur que l'année dernière, disent-ils, ça ressemble terriblement à *tel* millésime, c'est peut-être un peu trop copié sur le Clos de la Chouette, tu ne trouves pas, comment il a fait pour vinifier aussi clair, ah, ça sent le pot-pourri, le loukoum à la rose, tu sens la légère fragilité en fin de bouche ? Et ils se resservent et ils s'enivrent. Le jeune reste impassible face à cette soudaine agitation, à leurs efforts pour cacher leur ignorance, poser toujours les mêmes questions, faire les mêmes remarques, et lui le même discours qu'il doit fournir, leurs visages qui acquiescent, plussoient, alors qu'en réalité aucun d'eux ne saisit le sens de sa réponse. Mais le jeune s'en fiche désormais, il n'a pas le courage de s'amuser à expliquer, partager son savoir, lui ce qui lui importe, c'est que les acidités s'équilibrent dans son vin, alors tout semblera aller bien mieux.

La nuit, il se réveille en sursaut, en nage sur les draps, il pense être encore au milieu des vendanges, que les cuves débordent, que des centaines de tonnes de raisins sont encore à lever, les milliers de litres à soutirer. Il crie pas ça pas ça! et près de lui, Arielle glisse sa main sur son visage, elle n'a pas ouvert les yeux mais elle chuchote en le caressant, mais non c'est rien mon chéri tu peux te rendormir. Il se redresse dans la pénombre, liquide de sueur, avale deux cachets pour contrer une possible insomnie, ne pas tourner inlassablement sur le lit, à réfléchir ou compter. Demain, la mise en bouteilles ressemble à une consécration, il ne veut pas prendre le risque d'être épuisé pour une journée qui s'annonce aussi magnifique, ensoleillée, le baromètre affiche enfin une pression atmosphérique haute, pas de vent ni de pluie.

Aux aurores, il s'installe à la table en bois de la cuisine, il n'a pas allumé de lampe, il regarde la lune pleine et ronde qui fait baigner sa lumière jusque sur le carrelage. Tout est silencieux, Arielle dort, elle le rejoindra plus tard. Il trempe des tartines de fromage dans son café, lit l'actualité sur son téléphone. Un oiseau fait un drôle de bruit contre le carreau, comme s'il cognait pour entrer. Quand le jeune se retourne, l'oiseau s'est déjà envolé.

Il grimpe dans sa Twingo et roule en direction de la cave, apaisé, serein, l'air doux sur son visage, une éternité qu'il ne s'était pas senti aussi calme. Pourtant, il y a près de quinze mille bouteilles à tirer sur deux journées complètes, ça aurait dû le tendre. Il se souvient encore de ses débuts, avant que son père ne les quitte et parte vivre au loin dans un pays dont il ne veut pas se rappeler le nom, comment il a pressé son raisin avec un pressoir à cliquet, les fruits dans la claie, le mécanisme en fonte qu'on visse, qu'on serre à l'aide d'une barre en fer très lourde, à bout de bras, actionnée dans les rouages, et le jus qui coule entre les douves de la cage, qu'il récupère au seau, transvase dans une petite barrique, la mousse qui s'échappe, dégueule du trou à bonde, la mèche de soufre qu'on emprisonne dans le bois une fois le vin tiré à la quatre-becs, trois cents bouteilles. Et son père qui se moquait toujours : mon fils, il n'est pas bon à rien, il est mauvais en tout ! Ce père a goûté et donné son avis, en se léchant les lèvres, en regardant vers le ciel comme pour se concentrer, sur les tanins, la longueur, les acidités : c'est bon, il a simplement dit. Puis il s'en est allé dans ce pays dont le jeune veut oublier le nom. Quel con, pense-t-il en se parquant contre la cave, avant de se ressaisir, allez on oublie. Le calme prévaut la tempête.

Tout se déroule posément, sans difficulté, la machine qui s'actionne sans accrochage, la cuvette qui se remplit et ne déborde pas. Alors il flotte, et sa tête tourne. L'équipe à l'heure, les palettes alignées, du café dans une Thermos apportée par Arielle, des fougasses chaudes dans un sac en papier, le vent au point mort, le son de flûte d'un insecte dans la broussaille, les bouteilles qui s'empilent, et il regarde les heures défiler, proprement, dans la quiétude. Quand soudain elle débarque sans prévenir, avec sa Porsche Cayenne qu'elle gare en épi devant le portail, et se présente avec un sourire espiègle, les yeux cachés derrière ses lunettes de soleil. Elle travaille pour un grand magazine et voudrait écrire un article à son sujet, prendre des photos, de lui, de son domaine. Le portrait se focaliserait sur son travail d'homme à la terre, elle dit : je suis littéralement fan de ce que vous faites. Elle voudrait pouvoir goûter aussi, et peut-être rapporter un carton pour ses collègues de bureau. Il faut rendre le papier avant la semaine prochaine, vous comprenez, c'est très serré niveau timing mais on va y arriver, on va s'organiser. Il lui répond, un peu froidement, qu'elle aurait pu appeler avant de passer, que maintenant il est au milieu de sa mise en bouteilles, que ça n'est pas possible de couper une journée si importante, la machine est lancée, l'équipe en place, la vanne actionnée, les palettes de verre attendent à la file. Il aura peut-être du temps à lui accorder demain matin, ils pourront aller voir les vignes. Elle s'agite en sortant son appareil photo, une mise en bouteilles, c'est une aubaine de tomber ce jour, elle se fera toute petite, elle voudrait prendre des photos de la vie d'un vigneron en action. Mais il s'impatiente, refuse, vous revenez demain, point barre. Elle se raidit face à sa réponse tranchée, ne comprenant pas le refus d'une telle demande, c'est un grand magazine, elle s'est déplacée jusqu'ici, il ne doit pas se rendre compte, d'autres feraient tout pour la recevoir. Il grommelle elle va pas commencer à me les briser celle-là, puis lui ordonne de partir. Elle range son appareil, et obtempère, agacée. Sa voiture s'éloigne, lui retourne à sa machine, il appuie sur deux boutons en même temps et lance la pompe. On envoie les bouteilles vides sur le tapis roulant, les becs glissent dans le goulot, le vin se déverse, un bouchon s'enfonce. Puis il faut les coucher une par une sur des plaques en plastique, on monte des tours de deux mètres, vertigineuses. On compte, toujours, comme avec les parcelles, les horaires, les kilos, les hectos, on compte inlassablement, ça fait une rengaine qui tourne dans la tête au rythme de la machine, on ne peut pas s'en empêcher, quarante bouteilles par plaque, trente-cinq plaques par tour, six tours par jour, huit mille quatre cents bouteilles, mille deux cents bouteilles par heure, sept heures de mise. Mais le jeune a l'esprit ailleurs, contrarié. Il ne compte plus, il pense à la journaliste qu'il vient d'envoyer paître. Après un temps de réflexion, il appelle Arielle de sa voix forte, et lui demande de retrouver le numéro de cette conne dans son portable, qu'elle lui a déjà téléphoné plusieurs fois en trois jours, que ça commence par un zéro sept quelque chose, qu'elle a même laissé des messages vocaux, et de la bloquer, s'il te plaît.

    Le soir, le jeune ne revient pas au mazet. Il s'enferme dans sa cave et picole le vin en bouteilles, installé sur une chaise près d'une pile de palettes VMF en guise de table. Il déguste, avec sa solitude dans l'obscurité de la pièce. Perché dans un coin du plafond, un oiseau chante, houp houp houp, il n'a jamais vu de bestiole aussi élégante que celle-ci, avec son plumage orangé, la queue et les ailes striées de noir et de blanc, son bec fin et fier. Il est en train d'ouvrir le portail pour faire un appel d'air et lui permettre de s'échapper, quand Arielle débarque dans le brouillard, le 4 × 4 stationne nerveusement en travers de la route, le contact n'a pas été coupé, elle saute de l'engin et lui sent que ça va chauffer. Elle s'avance, tu fais quoi là tout seul à boire comme un ivrogne ? tu fais quoi pendant que je m'occupe des mômes et que tu nous évites ? regarde-toi avec ton verre, tout seul, ivrogne ! Elle crie combien elle ne supporte plus ses hauts et ses bas, qu'il pourrait faire un effort, que les enfants l'attendent pour dîner, que c'est toujours la même rengaine. Mais le jeune ne veut pas, ne peut pas, il n'a plus la force de s'énerver, de hurler, alors sans courage, les cernes sous ses yeux rougis, il avoue avoir reçu un courrier, bien avant les vendanges, qu'ils doivent rembourser des sommes exorbitantes, ça s'élève à des centaines de milliers d'euros et la… la… mais sa voix se tord quand il croise le regard d'Arielle, il ne peut rien ajouter. Elle souffle la quoi ? la quoi ? Il baisse les yeux, fait un mouvement de la tête pour dire non, qu'il se tait maintenant. Elle demande combien exactement ? Il fait un geste de la main qui enserre sa propre gorge : la corde au cou. Elle le fixe de ses pupilles noires et brillantes, la peur glisse à travers. Elle recule mais se sent paralysée, comme tétanisée par ce poison verbal qu'il vient de lui inoculer. Elle dit alors on est morts, on est cuits. Et le jeune s'incline vers l'avant, le visage dans ses mains, et se met à pleurer.

Il ne suffit pas de se serrer la ceinture, faire des concessions, des arrangements avec deux bouts de ficelle, ni de revoir le plan de financement, de discuter avec son banquier. Il ne suffit pas de se séparer d'un tracteur, d'un crédit, de virer les employés qui coûtent une fortune en charges patronales, ni de réduire les terres. Lui pense qu'ils n'y arriveront jamais, la corde au cou a glissé depuis des mois, ils ne pourront pas la desserrer. Il voudrait téléphoner à Arnaud, mais il a mis les voiles, parti en vacances, se moquant des rituels fastidieux autour des primeurs. Le jeune voudrait sinon se cacher dans un trou avec une barrique de vin rouge, et boire jusqu'à plus soif, jusqu'à l'intoxication, le coma, ne plus voir personne. Alors pour ne pas dépérir, il se force à faire ce qu'il fait de mieux : atteler son tracteur avec de vieux socs qui appartenaient à son grand-père, et s'enfuir chausser la vigne.

Il craint que ce soit la goutte de trop et qu'Arielle ne puisse la supporter. Depuis la nouvelle du courrier, elle reste enfermée dans la chambre toute la journée. Quand il la regarde, allongée sur le lit, le visage pâle, emmaillotée dans ce pull à col roulé qu'elle ne quitte plus, ses chaussettes épaisses déroulées sur ses mollets, ses mains cachées dans les manches, il voit sa fragilité quotidienne, depuis toujours. Il embrasse ses paupières exténuées, elle se replie contre lui. Il essaie de la faire rire, il pince ses hanches, elle rigole doucement puis ça retombe aussi vite, comme un souf-flé. Il sait combien elle se sent mal, qu'elle pleure dès le réveil, fait semblant quand ses enfants chahutent avec elle, la sollicitent, quand ils reçoivent des amis, de la famille. Elle en a marre d'avoir les yeux gros, elle dit, gonflés à cause des larmes. Elle vit dans les affres du lendemain, cette douleur d'une tête et d'un corps qui ne se reposent pas. Pourtant, elle donne l'impression de ne faire que dormir. Elle s'épuise pour sortir du lit, prendre une douche, lancer une machine à laver. Elle pleure en donnant le sein, en cuisant des pâtes. Une sorte de brouillard épais trouble son esprit et la ralentit, l'engourdit. Elle dit que même penser relève parfois de l'impossible. Le jeune la regarde, il connaît son tempo, son rythme, il sait qu'elle a ce penchant, un peu mélancolique, un peu dépressif, et que depuis la naissance de leur dernier enfant, c'est pire. Il tente d'entrevoir le moment déclencheur qui l'aurait encore plus enfoncée. Il pense à la fin des vendanges, avec son poids de descente émotionnelle étrange qui vous attrape et vous écrase. Il se souvient de la fois où une caviste s'est moquée d'elle, en public, jusqu'à la faire craquer. La fois où un vigneron lui a suggéré de quitter la vigne pour s'occuper de la comptabilité, de la MSA, des douanes, des factures au bureau. La fois encore où on lui a fait comprendre que, dans l'équation, elle comptait pour des prunes, qu'on préférerait qu'elle ne soit pas là avec eux, dans ce restaurant, à Paris, à cette table. La fois où on a insinué qu'elle était vénale, que c'est pour cette raison qu'elle lui avait fait des enfants. Il sait qu'il y a beaucoup de fois, de pentes lentement formées pour la faire glisser jusqu'au précipice. Il lui dit Arielle, lève-toi, on a du travail à la vigne. Mais elle se retourne sur le lit, chuchote une excuse. Elle ira demain, elle ira après. Ou peut-être plus jamais.

Quand il se rend à la coopérative agricole pour récupérer du matériel ou des produits, c'est la complainte des comptoirs de PMU. Un vigneron raconte qu'il vient d'arracher une vigne, celle en contrebas dans la vallée, difficile d'accès et qui prenait le mildiou chaque année. Un autre avoue qu'il n'en peut plus, il voudrait se débarrasser de la moitié de son domaine, au moins, il explique que les cuves sont pleines à craquer, le stock ne désemplit pas, le marché est en berne. Un autre encore abonde dans son sens, il ne sait pas comment il va s'y prendre pour rentrer le raisin aux prochaines vendanges, il n'a plus de place. Un autre dit attendre sagement sa retraite, personne pour reprendre le domaine, il vendra les terres et partira vivre dans les Cévennes, tant pis, adieu. Et toi, le jeune, comment tu vas t'y prendre ? Et ils éclatent de rire, parce qu'au fond personne ne se supporte, chacun espère que l'autre sombre, jaloux de son voisin, que ce soit de ses terres, ses propriétés, son dernier tracteur hors de prix, sa manière de travailler. Alors le jeune se redresse dans son pull vert militaire, respire profondément, pour ne pas s'énerver, mais ça monte, ça monte, ça siffle dans ses oreilles à la manière d'une soupape, un autre vigneron ajoute en rigolant : en fait, toi, tu es un peu notre boussole, si toi tu t'en sors, alors nous tous, là, on doit s'en sortir ! Et les rires se font plus intenses, mais le jeune ne tient plus et vrille, il se jette sur le viticulteur à béret, celui qui rit en faisant tressauter ses joues, en se caressant la panse, en le regardant d'un air mauvais. Il se jette sur son béret, sa gorge, sa poitrine, l'empoigne et le fait valser contre un rayonnage. On le rattrape aussitôt par les épaules, on ne veut pas de conflit, on le tire en arrière, mais le jeune hurle dans les locaux, il envoie son bras dans les bacs de seaux, joints en silicone, boulons en inox posés sur les étagères, on le retient maintenant plus fort, craignant qu'il en devienne animal. Alors il se dégage de leurs bras, lâchez-moi, c'est bon, il recule et les fixe un par un, droit dans les yeux. Puis sans rien ajouter de plus, rempli d'une tristesse plus forte que sa colère, il se retourne et s'éloigne dans le silence de leurs regards effrayés. La clochette de la porte émet un bruit à son ouverture puis à sa fermeture. Il ne veut surtout pas savoir ce qu'il se dira de lui après.

HIVER

La vigne

Tout finit avec le mistral qui souffle fort sur un rythme ternaire.

Trois six neuf.

Tout finit avec les portières des voitures qui s'emportent sous la force du vent, les poubelles à terre, bouches béantes, et leurs détritus de plastique, d'aluminium, qui dérivent sur les routes.

Douze quinze dix-huit.

Mais il faut savoir que le vent du samedi ne souffle jamais jusqu'à la messe.

Tout finit avec le jour qui s'agrandit, la nuit qui raccourcit, la lumière qui revient.

Tout finit ici, à mes pieds, face à la vallée, et tout commence quand l'homme s'y recueille enfin.

Je suis la vigne centenaire, sur un coteau très pentu que plus personne n'entreprend, n'arpente. Il faut marcher sur une mer de galets jaunes et ronds, polis par le temps, d'autres roses et brillants avec des liserés de gris, sur des morceaux de calcaire, des restes de coquillages. Les enfants trouvent que les herbes piquent les mollets, les jeunes n'aiment pas le paysage. Je suis donc seule sur cette côte, la vigne centenaire face au village de la vallée. On me rend visite tout au long de l'année, des paysans qui s'enchaînent au gré de leur fermage, j'ai dû en rencontrer une dizaine. Je contemple ceux qui, penchés sur mes branches dénudées de feuilles, se concentrent sur la pointe de leur sécateur, quel sarment couper, quel sens envoyer à la courbure de mon pied. C'est une équipe d'hommes taciturnes et silencieux, les mains épaisses, basanées, recouvertes de gants les jours de grand froid. Ils avancent vite, bien, sans trop réfléchir et ils ont raison, ils travaillent à l'instinct. Au fond, je ne peux m'empêcher de sourire quand on s'acharne à me considérer d'un point de vue scientifique. On croit me connaître avec les livres, la philosophie, l'agriculture, on croit me ressentir, savoir comment me faire grandir, quelles nourritures me fournir, mais finalement personne ne me possède vraiment, ne ressent l'essence de mon vivant. Je ne peux m'empêcher de rire quand ils viennent prendre des photos, eux qui confondent mes feuilles, s'emmêlent dans les saisons, pensent parfois qu'à la taille on ira bientôt vendanger. Je vis comme une liane, je pousse, m'accroche, n'en finis plus de m'étaler et prendre de la place. La plupart des hommes n'aiment pas les farouches, les désordonnés, les cheveux en bataille. On cherche à maîtriser la vigne, à la conduire dans une direction. On la contraint à pencher sur un côté, on aurait aimé pouvoir me recéper et former mes bras en cordon de Royat plutôt qu'en gobelet.

Je nourris les becs des oiseaux, les mandibules des insectes, l'humus de la terre, les gueules des sangliers assoiffés. Vous qui passez, qui croyez tout comprendre, qui croyez à l'importance du groupe, que savez-vous de ce que je désire ? Que savez-vous de nous, le vivant ?

On me plante au début de l'autre siècle, en 1901. On peut dire que je fais partie des survivants, je traverse les années avec chance, presque en miraculée. C'est un couple d'amoureux qui décide de me cultiver, là, sur le terrain d'un vieil oncle.

Lui s'appelle le fils Bine, un enfant du village que tout le monde connaît, un gamin joyeux et fort qui vivra longtemps sans mauvaise histoire. Son père l'emploie très tôt pour l'aider à tracter le bois jusqu'à la ville. Le matin aux aurores, il faut préparer les bêtes, les atteler, gratter les sabots. Puis partir dans la nuit encore noire, une petite lanterne accrochée à la carriole pour être remarqué, effrayer les bestioles sauvages aussi, voir son chemin. Ensemble, quand ils ont un peu de temps libre au printemps, ils plantent des oliviers, des cerisiers, du blé. Des chênes truffiers aussi, qui deviendront un bois, ça, c'est pour la retraite, confie le père à son garçon.

Elle, on la surnomme Oui-oui parce qu'elle se comporte en béni-oui-oui, dit-on. Ses parents qui ont fui l'Italie, la famine, s'installent dans ce village construit sur un rocher dont ils n'ont jamais entendu parler. Dès leur arrivée, on les considère comme des pieux qui ne comprennent pas la langue, seulement le latin de la messe, des envahisseurs qui s'installent dans des maquis n'appartenant à personne, des ignares qui construisent des cabanes fragiles de cailloux et de bois dans un couloir de mistral glacial. On les voit comme des idiots, des incapables, des parasites, des voleurs de travail à la charbonnerie. Seul le boulanger leur offre des miches de pain en cachette, à la fermeture de sa boutique, que les enfants emportent sous leurs bras, dans des tissus. Le boucher n'avance jamais la viande, il attend que la note précédente soit réglée. Oui-oui naît sur un tapis de paille de blé, derrière la cabane de ses parents, à l'abri du vent. Plus grande, elle préfère confectionner des ballots en paille d'avoine, qu'elle trouve plus douce pour s'endormir. Tout le monde au village se souvient qu'elle a failli mourir, petite, après avoir confondu les asperges sauvages et le faux-houx sur le chemin. C'est à partir de ce moment-là qu'on commence à la regarder d'un autre œil, plus complaisant, plus délicat, la petite Oui-oui a ingurgité les jeunes pousses toxiques, vomi toute la nuit, pâle comme un linge, on a bien cru qu'elle allait y passer. Les femmes lui apportent du lait contre le poison, les hommes saignent les lièvres et lui offrent le cœur. Et le fils Bine, douze ans, lui presse du jus de cerise, riche en sucre, qu'il transvase dans une petite gourde.

Les enfants ne se séparent plus, ils s'unissent dans la deuxième église du village, celle qui a des allures modernes. Oui-oui donne naissance à un petit garçon accouché dans la cuisine, avec l'aide d'une sage-femme qui vit dans un village voisin, il est prénommé Henri, celui qui enchante leurs jours plus qu'ils ne l'auraient imaginé. Quand ils décident de me cultiver sur le terrain en friche du vieil oncle dont tout le monde se fiche, à l'époque, il n'y a pas de cadastre précis, on trouve l'idée plutôt sympathique, un peu de raisin sur la commune ne fera pas de mal. Le père Bine ne souhaite pas que son fils s'associe à la cave coopérative, il en perdrait ses cheveux, tous des voleurs, crie-t-il, ils mélangent le vin au sucre ! Tu n'es pas un paysan ! Le fils Bine continue le transport du bois, et patiente jusqu'au dimanche pour cultiver son lopin de vigne qu'il chérit. Le gosse fait ses premiers pas sur ces cailloux, mange les baies à même les branches.

Après la guerre, on pense que je serai bientôt arrachée. Le nouveau maire vient de communiquer son intention d'électrifier le village, les bourgades voisines ont déjà commencé la démarche. Des hommes en trois-pièces dessinent des plans, prennent des mesures, calculent le terrain et les tonnes de terre à décaisser. Il faut découper les paysages, défoncer les chemins, former des tranchées. Mais finalement, ils choisiront de passer par une autre vallée. On raconte aussi que les villageois se sont réunis pour protester afin que je sois épargnée : les Bine viennent de perdre leur unique enfant au front, dix-huit ans le petit. Ils ne s'en remettront jamais.

Je suis passée de main en main pendant presque cent ans. Les Bine ont signé un fermage, puis le fermage a été acheté. J'ai appartenu aux Teissier, aux Vache, aux Piquet, aux Barral. Désormais, mon raisin est noyé dans les cuves de la cave coopérative, plus personne ne veut de blanc comme le mien, trop tardif, trop ras de terre, trop harassant pour le dos à travailler.

J'entends souvent qu'on va me remplacer par une jeune vigne en pleine santé, montée sur fil, un clone greffé en oméga, qui ne durera pas dans le temps mais permettra à la machine qui taille, butte ou vendange de passer entre ses rangs. Alors j'attends que l'homme se décide.

Le vent souffle en rafale, depuis six jours. Un couloir tempétueux se forme entre mes branches, s'adoucit parfois en fin de matinée. Les trois hommes coupent sans réfléchir, des années qu'ils font ces gestes, mécaniques, précis, décidés. Ils tirent sur mes lianes, viennent les décrocher des fils, puis les découpent quand elles sont trop longues. Ils jettent les sarments dans le brasier d'un bidon attaché à une brouette, ça réchauffe l'air, ça permet de ne pas perdre de temps ensuite, à sortir les fagots des rangées. L'équipe décide de faire une pause, l'un retire son béret, l'autre ouvre son blouson. Ils affûtent les lames des sécateurs puis les rangent dans leurs boîtes, sortent le casse-croûte de l'arrière du camion, une glacière, la grille du barbecue qui se positionne parfaitement sur le bidon crevé, trois sièges pliables. Un homme tranche une baguette en deux, l'autre roule sa cigarette, l'autre encore ouvre une canette de bière aussitôt avalée à grosses gorgées.

Le feu crépite doucement sous une saucisse qui sue et suinte. Un oiseau roucoule, perché sur une branche nue, dans une accalmie de vent, un silence radieux les entoure. Au loin, une procession se forme, à la sortie du village, s'étend en avançant doucement. L'homme à la cigarette roulée se lève, pose une main sur son front pour mieux voir au loin. Il plisse les yeux, remarque une Tesla à la forme étrange en longueur et qui pourrait faire croire à un corbillard, des gens qui la suivent en marchant lentement, beaucoup d'habits noirs.

— C'est quoi ? demande le premier.

— On dirait un enterrement, répond le second.

— Ah oui, continue le premier, c'est le jeune.

— Le jeune ? lance le troisième en piquant la saucisse sur le feu.

— Oui, çui qu'on appelle le jeune, le vigneron qui a la grande cave du père, à l'entrée du village, bah il s'est pendu, c'est sa femme qui l'a retrouvé. J'ai entendu ça, l'autre jour, au bar.

— Vier qué con.

— En plus, il avait deux gosses…

La foule grossit, de plus en plus dense à mesure que le cortège quitte le village, prend la direction du nouveau cimetière en contrebas, en face de la station à essence.

— Elles sont où ses vignes à lui ? continue le premier, après un bref temps de réflexion.

— Y a la belle dans la vallée, un gros morceau, ça vaut bonbon. Celles du parc aussi, et les appellations, plus au nord, ça aussi, c'est le pactole.

— Les gosses, y seront pas pauvres.

— Faudrait voir si elle ne revend pas, sa femme, je demanderai à la mienne de se renseigner. Avec les impôts et les travaux et tout le bordel du vin qui ne se vend plus, vaudrait mieux qu'elle s'en décharge.

— Tu crois, toi, qu'elle sait tailler ?

— Sais pas.

— Fan de chichourle, t'imagines tous ces hectares pas taillés qui vont crever, comment elle va faire ?

— Regarde, coupe le premier en pointant la procession du menton, y a du monde à son enterrement. J'aurais pas cru.

— Moi je l'aimais bien, le jeune, il était sympathique avec sa niaque.

Dans ce bourg devenu grand village, traversé de routes et de départementales, les maisons sortent du sol comme des champignons malins, les vignes sont arrachées, replantées, écartées de l'homme, travaillées par des robots autonomes commandés depuis une tablette, le vigneron confortablement installé dans son fauteuil en cuir, et le robot qui enjambe les rangées, traite les feuilles et griffe la terre. Les gens ne se disent plus bonjour au croisement d'un trottoir, les gamins n'osent pas lever les yeux de leur portable quand on les salue. Les enfants dévalent à trottinette une avenue récemment ravalée, de laquelle on a extrait les vieux pavés de pierre pour y déverser un goudron beige. Il semble impossible d'entendre la voiture électrique, silencieuse, effrayante, surgir du coin de la rue.

C'est la loi du plus fort, la loi animale, la loi végétale, celle qu'on ne voit plus, qu'on néglige et qui nous dépasse. Tout finit à cet instant précis où les sarments revêtent une couleur grise, où l'herbe ne brunit plus, où les rivières coulent à forte allure. Le soleil chauffe les têtes, tandis qu'ils taillent dans le beau jour.

Une huppe fasciée se blottit au creux d'un arbre, elle a perdu son groupe, elle n'a pas assez froid. Elle chante, sans comprendre si elle est arrivée à bon port, celui d'Afrique ou d'Espagne. Elle se tend, nerveuse, tête haute, constate sa solitude. Un enfant lui apporte des graines trouvées dans un placard de la cuisine, dans un récipient en plastique qu'il attache à une branche.

L'oiseau fixe l'enfant,
    l'enfant se moque en riant de son air déboussolé,
    de sa crête orange un peu penchée,
    et les chants fuient dans le ciel.
    Alors un nouveau cycle s'enclenche avec fureur.

TABLE DES MATIÈRES

PRINTEMPS
Arnaud 9

ÉTÉ
Nathalie 41

AUTOMNE
Le jeune 71

HIVER
La vigne 101

Du même auteur
au Cherche Midi :

Un été chez Jida, 2024

Pour plus d'information :
www.lisez.com
Imprimé sur du papier issu de forêts gérées durablement.

Achevé d'imprimer par
Normandie Roto Impression s.a.s. à Lonrai
N° d'impression : 2405230
M18203/01

Imprimé en France